A. Lunacharsky像　　　V. Juravleff作

科學的藝術論叢書

6

文藝與批評

盧那卡爾斯基著

魯迅譯

水沫書店

爲批評家的盧那卡爾斯基

一

生了普式庚(Puahkin)的俄國，生了託爾斯泰(Lev Tolstoi)的俄國，生了陀思妥夫斯基(Dostoevski)的俄國——那在俄國之前，橫着偉大的運命。在這里，昨日作爲貴的，今日以爲賤，今日作爲賤的，明日以爲貴。而從創造和破壞起，以至混亂，矛盾，流血，飢餓，絕望，光明，建設這些事相接踵。將這些恰如映在萬花鏡裏的生活的姿態，加以描寫者，大約是藝術了罷。而有如那女作家所說——創造那藝術的詩人和小說家，應該是『小鳥一般地自由』。但在他們，有拘束，有苦悶，又有壓迫，有時且有可怕的餓死。然而有冷冷地凝眺着這些困窮的作家們者在。有爲新的思想之波所蕩搖，而從那波中，等待着未嘗聞的東西之產生者在。這樣地自居於阿靈普山的高處者，並非只信運命的年青詩人勃洛克(A.Block)，也非以爲俄國受苦，是爲了人類或世界，而東奔西走了的戈理基(Maxim Gorki)，更不是於那未來抱着大望，而靜靜地閉着眼睛的梅壘什珂夫斯基(D.Merezhkovski)。惟這，乃身居支配此國一切文化的地位的勞農政府的人民教育委員長——即教育總長的盧那卡爾斯基(Anatol Lunacharski)是。

盧那卡爾斯基恰如託羅茲基(L. Trotski)組織了紅軍一樣，又如姬采林(G.Chicherin)設立了萬國宣傳機關一樣，創立起統一勞動學校來，於傳播多數主義的本領和那福音的事，得到成功了。而且作爲蘇維埃俄國的惟一的教化者，在受着崇拜。然而他却不僅是教育家。他是教育家，同時也是批評家；是批評家，同時也是藝術家。當作最後所說的藝術家，是從革命之前以來，作爲戈理基的朋友，頻頻活動了的，而在日本，知道的却頗少。他也作詩，也作戲劇，也作批評。那麽，盧那卡爾斯基對於藝術的態度，是怎樣的呢？他是彼得大帝似的專制君主，或是尼祿皇帝似的奇怪的破壞主義者，還是尼采似的超人主義者呢？這些事，要簡單地敍述，是做不到的，在這里，就只來窺測他對於藝術乃至文化的一面。

二

盧那卡爾斯基原不滿足於現代的文明；而且以爲形成了那文明的有產者，

現今是正在解體而又解體。據他的意見，則——所謂文明者，是頹廢的文明，決非生存者之所尋求的。因爲在那文明中，雖然也許有着或種的美麗，優柔，味道，而毫無可以稱爲反抗心之類的東西，所以就死了的一般凝結着。因此之故，應該格外給以氣力，緊張，戰鬪，而同時也不怕作爲當然的結果而生的悲劇和犧牲。而且倘不築起一個新而有實，而又有力的文明來，是到底不能滿足現在的人們的。

所以，盧那卡爾斯基在主張社會主義的必要。但我們應該知道他和一般的論者的設想，又頗有些不同。他所意識之處，是社會主義乃是『從奴隸到自由的過渡』，而又非『要得到爲了使自己滿足的自由。』他將這事，更加詳細地說明道，『我爲了自己，又爲了不染市民的靜學底色彩的一切社會主義者，這樣想。總之，一致協同的事，並不是我們的目的。只是帶着一切緊張，愛和創造的一切苦楚的戰爭——並且爲了永久地保有（我們之力以上的）位置，卽使涉幾世紀，也要捕捉舞蹈於大空的星，有着可以成爲驅這星以向新的未來的翼子的駿馬的力之增大而戰的戰爭——乃是可做那因爲開花於更開拓了的地上的戰鬭底，平和底，最後，是人類底的世界的工具的過渡。』

簡單地說，則盧那卡爾斯基並不將俗所謂社會主義，當作人類底的工具，而僅以這爲不過是從奴隸狀態引向自由的過渡底學說。大家就應該在抱着這樣看法的社會主義的旗印之下，專憑戰鬭，以贏得美好的未來。進向這永久底，悲劇底且是人道主義底的戰鬭者，是無產階級。而且他們，已經促進了一種新機運，在要創造未曾有的文化了。

盧那卡爾斯基否定現代文明，看出了形成那文化的有產者的解體，這不是因而也不滿足於他們有產者的藝術的文證，又當作什麼呢？

據他所說——『今日的藝術是平庸，醜惡，有產者底的。這樣的有產者底的藝術，只足供抓搔那飽滿了的午餐或晚餐後的神經之用。』那麼，所謂有產者作家是怎樣的人們，且帶着怎樣的特色的呢？例如，他說，默退林克（M. Maeterlinck)是『文化上的佝僂底哲學者』，裴倫（G. Byron），伊孛生(H. Ibsen) 斯忒林培克(A.Strindberg)是『有產者底的智識階級者』，連戈理基，也還是『轉向無產者那面去的熱情底詩人』。但是，倘問他典型底的有產者作家是誰，那大概立刻答是安特來夫（Leonid Andreev）的罷。爲什麼呢，因爲盧那卡爾斯基對於他的藝術，是下着這樣的批評的。『安特來夫和梭羅古勃，對於資本，好像是唱着勝利的頌歌。』這樣說了之後，接着是『安特來夫先就成着社會主義和哲學底的寫實主義的分明的反對者。』而最後，則斷定道，『馬克斯主義的批評家們，決不當容許安特來夫。那理由，是因爲他爲了作爲自己的厭世主義者——破壞主義者的識務，和革命的價值相敵對了。我們在也是朋友的讀者之前，不憚於揭發這病的靈魂的一切的禍患。」

三

然而，他說，這樣的有產者作家，是難於眞的捉得現實的。他們也許能夠描寫革命，但不能活在那革命中。在那里，有優美罷，有病底的思想罷，也有尖銳的神經罷。然而沒有力，沒有勇氣，沒有組織，沒有反抗，也沒有悲劇。所以，他們的有產者藝術，應該代以無產者的藝術云。但是，在這裏所當注意的，是他又非今日俄國文壇所目爲極左黨的『烈夫』。爲什麼呢，因爲他是有着該博的知識，對於過去的文學的蘊蓄，以及明白的腦子的。所以不像別的人們，惟破壞是求，而却環顧周圍，一步一步地前進。因此也有說他的態度是妥協底的，但也是在同是無產者藝術的讚美者中，特被重視的原因。

盧那卡爾斯基所主張的，不是有產者藝術，而是無產者藝術。倘問起這應該用怎樣的藝術底形式來，則他以爲至少非象徵底(Symbolie)的東西不可。但是，這象徵底的藝術這句話，對於他的立場，也並非很不響亮的。所以應該先從說明那句話的意義開首。

象徵主義云者，是怎麼一囘事呢？關於這藝術，迄今已經論過幾多囘了。大抵總以爲是和寫實主義相對立的東西。然而他却相反。肯定着『爲藝術之一形式的象徵主義，嚴密地說起來，是决非和寫實主義相對的。要之，是爲了開發寫實主義的遠的步驟，是較之寫實主義更加深刻的理解，也是更加勇敢而順序底的現實。』——這羅札諾夫(ROsanov)之說的。

四

要之，他相信象徵主義是寫實主義以上的東西，同時並非幻想底，而是規則底，並且急進底的。關於那象徵底的藝術的使命或價值，盧那卡爾斯基這樣地說着，『爲貴族所迫壓，終於分得了國民底的不幸的猶太民族，創造了舊約和塔爾謨特的故事，和奴隸賣買的大的象徵底所產。所謂神國的廣大的，然而神常在啟發心胸的古代的無產者，恰如猶太人之相信本國的運命一樣，確信着對於全世界的苦人的使命，實行了未嘗聞的象徵底的悲劇底贖罪。自此一到加特力教士時代，在那黑暗而深刻的象徵主義中，奧格斯契諾夫（Augustinov），亞克畢那安夫（Akbinatov），丹敦（Danton）輩就出現了。於是現出了作爲廣義上非常哲學底，而象徵底的詩的時代——再說一回，一切人類的世界史底認識時代。』他追溯了這樣的過去的歷史之後，『以爲大的象徵，是對於一切國民和一切階級，宣傳着在自己的世界底使命上的分明的意識，步步發展起來了』的。所以像今日似的，以救濟世界作爲目標的俄國的藝術中，無論如何，總不得不採取象徵底的樣式。他並且發表了許多評論和創作，那戲劇，是日日上演於彼國有名的舞臺上的，但關於這些事，且俟以後的機會來說罷。

但到最後，還要補寫一點的，是盧那卡爾斯基的未來觀。他抛棄舊文化，而主張了新文化的創造。然而，如迄今已經寫了多回那樣，對於那文化的創造，以及人類的將來，却決不樂觀的。在這裏，鬥爭，是必要的；苦痛，是必要的；犧牲，是必要的。而且也往往有滅亡。他說了這話，反對着墨斯科大學有着講座的有名的文明批評家蒂理契（W. Fliche）的樂觀說，『莫非蒂理契以爲人類總有時成爲絕對底的勝利者的麼？又以爲對於羣神的我們的關係，能够完成一切，更極端地說，則一切目的，能够不努力而到達的麼？我是不相信韓理契現今所說那樣的神祕（未來的人類，雖不鬪爭也可以的思想）的。那意思，應該是人類的墮落。爲什麼呢，人類的努力的減退，是所以示精力的退化和生活的衰頹，同時也是很無思慮的事。因為不消說，勞動的曠野，是那力量愈成長，就愈被曠大的。

——日本尾瀨敬止作——

文藝與批評

內容

藝術是怎樣地發生的

在言語的廣泛的意義上，Art 云者，是指一切的智力而言。Artistic 的外交官，Artistic 的鞋匠之類，也可以說得。德意志人和法蘭西人，是將 Art 解釋爲這字的原來的意義『藝術』的，而且將這『藝術』，通常分爲四種，例如，音樂，繪畫，彫刻和建築就是。然而這分類法，是不能說是全對的，爲什麼呢，因爲最大的藝術之一，是詩，而且如演劇，舞蹈等，也決不應該忘却其爲藝術。但可以歸入藝術的範疇中者，還不止這些，例如，裝身具，陶器，家具之類的製作，也應該是興味很深的藝術。

『且住，』讀者會要說罷，『你擴大了藝術的範圍，將各種的手工，也從新加進藝術裏去了。』

但是，諸君，那却正是這樣的。其實，手工和藝術之間，是一點差別也沒有的。

一切藝術的基礎，是手工，而一切手工人，就應該是眞的藝術家。不但如此，說人們是能製作神像的，然而這也不外乎手工底製作品，和別人的製作可以成爲更眞實的藝術底作品的靴者比較起來，不過造成了與其說是有用，倒是有害的，可憐相的美術品罷了。

在這一端，是應該將我們所抱的理解，弄個明白的。

世間往往將美術稱爲『自由藝術』，以作工業底製作品的對照，而在這中間，放入『工藝』這東西去。這個差別，是在什麼地方呢？人類所製作的一切，爲此而耗了時光和精力的一切，是都爲了充足人類的或種要求而作的東西。生命本身，即使人類所要求的一切東西，爲了自己保存和進化，在所必要。

食物，衣服，住居，家庭，武器，道具等，於維持生命，是必要的。假使人類只產生以維持自己的生命爲目的的東西，那麽，他是製作者，是生產者，這之際，說什麼美術，那簡直是廢話。在這時候，可以也有Art的、但那是技巧的意思，仗這技巧，而人類能够在最短時期內，用最小的勞力和最少的材料，收得最大的效果。Art者，是被表現於製作品本來的目的和那堅實之中的。這決不是自由藝術，也不是美術。

然而人們，譬如說，製造那用以烹調食品的壺。他做了那壺，整好形狀，用藥來燒好。於是一切過程彷彿見得完了似的，但是，他——最蒙昧的野蠻人和在文化的發明期的我們的祖先也就這樣——却將這好像完成了的壺，加以修飾，例如，律動底地（即放着或種一定的間隔），用了洋紅那樣的東西，畫上或種的條紋和斑點去。裝在這樣地做好了的壺裏的食物，決不會因爲施了彩色，便好喫起來的。然而呀，倘使那彩色，並非出於人類的一種要求，那麼，人類怕未必來費這樣多事的工夫了罷。惟和保存生命相關聯的第一要求，得到充足，而後別的新的要求，這纔發生的事，是分明的事實。

是的，人類是爲了生存之外，還爲了享樂人生，嘗味快樂而活着的。

自然於較適生存者的死後，動物型式的完成過程中，試行有機體的一切自由的，廣泛的表現，在這裏面，便含有快樂感了。在關於種類保存的興味之中，藏着一定的有機體的最大的力，那最爲強有力的行爲。

有機體是極其微妙的機械，那全部或一部，停止了活動，或者那活動緩慢了的時候，便不得不受障害，而連別的部分，也非忽然蒙其影響不可的。和這相反，倘若全機關完全地在活動，而且那活動又是適宜的分量，則給我們以爽朗的歡喜。人類是在尋求着這樣的歡喜，一面使自己的生活更潑剌，將那內容更加深造的。單調的，不活潑的生存，令人類無聊，給以和生病一樣的苦惱。還有，人類爲要使自己的生活更有意義，使這更其高尙，使那官能更加豐富，使環境成爲美麗，做着種種的努力。這個人類的行爲，就是藝術底行爲。

人生一切的複雜，微妙，強固，都是人生的裝飾。我們過於活動，過於思索的時候，我們便疲勞，然而太不做事了，則又非覺得無聊不可，那麼，我們執其中庸，不就好麼？

然而這是不能說是全對的。不，人類願意許多的刺戟，而同時也尋求安靜。在這里不能有那樣的境界。那麼，怎麼辦，便可以避掉極度的疲勞呢？大抵，沒有秩序的刺戟，效果是相關地少，跟着這沒有秩序的刺戟之後而來的，是興奮，疲勞，煩亂。反之，倘用適當的，組織底的方法，人類（理論底地，我們是可以下面那樣地說的）是能够享樂無限的刺戟的。

到這里，便成了藝術者，在將秩序整然的刺戟，給與人類，是最好的東西了，賞玩者和聽者所耗的知覺精力的一定量，由大部分的刺戟而適當地被恢復。試取聽覺刺戟，即音樂的例，來檢討此說罷。音樂的世界，是充滿着非常之多的濃淡（nuance）的，但我們聽音愈多，就愈增加愉悅感麽，決不如此。噪音即使怎樣地豐富，也不過增添疲勞和難聽。但倘若音樂並非單單的噪音，是諸調底東西，則諸君於各種噪音和稱爲音樂底調音之區別，便會立刻弄明白的罷。而在所謂一切的聽覺刺戟之中，音樂底調音，是立刻，而且最先，由所給與的愉悅感而消失了。我們稱這爲「純粹的音」。

調音和一切的音一樣，是由空氣的波而生的律動，是震動的階列。噪音中的押音，是不規則的，混亂的，但調音中的這個，則是規則底的，相互之間，有一定的平均的間隔。

我們的神經組織，對於規則底地發生出來的結果，是容易地養成習慣，容易地知覺那些的，而我們的知覺，便將那「容易」承受進去，當作愉悅。假使小孩子用了風琴，亂七八遭地按出種種的音譜，那麼、由此而生者除了疲勞和興奮之外，怕不能再有什麼東西能。但是，倘在一種整齊的順序上，奏起音譜來，則由此一定會忽然發生或種愉悅之感。音樂藝術家的事業，即在不絕地保住我們的感與，可以容易地知覺，而為了那容易，則發見那使音的內容更加富豐的音的連續。這內容和整齊的音的連續，名曰「旋律」(melody)。

音不但互相連續而已，也同時響鳴，而這共鳴音，則有種種。有一種音，在我們的耳朵裏，交互地，規則整齊地作響，覺得好像不入調。別一種音，則互相連結，添力，相支，益臻豐富，這稱爲「和音」(accord)。能發生耳聞而覺得快感的這和音的法則，稱爲「諧調的法則」。

這樣地，選擇了聲音，加以組合，將大的聽覺底要素，給與知覺，則聽覺器官便和那構造及性質相應，規則底地活動起來，於是發生那稱爲「形式化的音樂美」的快感。然而這還不能說是音樂的全部。那只還是形體而已，我們應該探究其蘊奧。

人類，是知道聲音之中，含有或種意義的。而且比什麼都在先，人類自己就知道着這一事。他於不知不識之間，不絕地在發音，並且藉此以表現自己的思想和感情。從人類所造的音之中，又生出有着綴音的言語。這些言語，則正確地表現或種的內容，於是成爲涉及詩歌範圍的完成品。

但人類，是並不沒有意義地將言語來發音的，他將稱爲「抑揚法」(intolation）的帶着種種表現的言語來發音，而這些無意義的抑揚，則往往有不藉言語，已足表現感情的時候。這些音，在言語的對照的那心意之先，就和我們的感情並無關係地，獨立了來說話。號泣，號叫，怒號，歡聲，驚愕，躊躇——凡這些，是最雄辯的言語。人類一逢不幸，是悲哀地低下了最後的音，啜泣着訴說的罷。模倣了沈鬱的精神狀態的諸相，造了出來的音，即所謂「短音階」（minor tone）。快活的人，則或是響亮地，或用中斷底的喊聲，或用律動底的吟誦體說話，他先就生氣彌漫，略略高聲地說，於是那音裏，就愈加添起力量來。以這音爲基礎而成的，是那「長音階」（major tone）。然而對於人類所發的音的強弱，要一一給以名目，是不可能的。人有了餘暇，想用什麼來消遣，而又並無一定要做的事的時候，便想自由地表現自己的感情，試去從新傳給別人，而且盡其所能，要強有力地，高妙地，並且很有興趣地令人聽受。他在這時候，便選擇口所能發的一切的音，卽純粹的調音，一面尋求着這些音的自然地給與最大快感的旋律和諧調，一面施行着這些音的組合——於是在這些音上，加以表白悲哀，喜悅等，人類所願意講述，作深刻的回想的一切感情的抑揚。想別人的感情，爲這所動。由這樣而發生的，是「歌唱」。倘若角力，打獵，勞動之類的動底的事，是以快樂爲目的的自由的東西，則從這樣子的事所發生者，是舞蹈和演劇。一切藝術，是形式化了的，換了話來說，便是人類化了的復現底現象。是依照知覺機關和動作，以及人類的知覺作用的構成的要求，因而形成了的現象。

但是，人生未必一定由藝術而美化。人類可以由這樣的過程而創作，站在和現實很相懸隔的環境中，同時，除描寫現實之外，人類又能夠描寫人類之所希望，而且適宜於人類的人類的理想。

故藝術者，不但和形式美一同，有心理底求心力（求心底感情表現），也有社會教化底的力。因爲是描寫理想（或者是用諷刺畫以鞭惡），對於人類的行爲，給以反省的。凡以充足人類的主要欲求，而且無此則存在且不可能的主要欲求爲目的的一切行爲，名之曰產業。這當然，也和生產主體本身的生產行爲相關聯。

純藝術者，以給以組織化的刺戟，因而提高並且調節知覺機能，使之豐富爲唯一的目的的一切的行爲。然而，以消費爲目的的生產，同時也是喜悅的源泉，成爲給與美的形式的原因的。美的原則應用於人類日常生活的時候，藝術這纔與生活覿面。於是見到「藝術產業」的發生。

人類，是作爲自然之性，描寫理想的。就是，人類一面照了美的勻稱，磨鍊着自己的一切的器官，以及自己的全肉體，一面懷着理想，要使在這環境中的自己的存在充實，並且依了包容着所謂「精神」的有機體，頭腦，神經系統之所要求，來改造這世界。這，是希望到處看見美的世界的理想，是在那世界裏常是幸福，毫無拘束，也不無聊，而且也沒有苦惱的人類的理想。

要以人類爲自然的指導者的藝術底企圖，歸根結蒂，是成着創造這理想世界的基礎的。而且，全人類藝術，也應該如生命本身一樣，永久地生長，創造出有進化的構成體來。然而我們還站在不幸的，不愉快的路程上。

藝術往往成爲富豪的娛樂傢伙而墮落，俗化。社會本身，有時候，則藝術家本身，也墮落而走着邪路，造出並非眞的藝術底的，技巧底藝術的刺戟來。這在有着強健的，新鮮的精神的人們，正是嫌惡。

資產階級的社會制度，尤其將藝術惡用，使他商品化。

社會主義主張藝術的自由，對於藝術，期待着偉大的全人類底事業。

各世紀，各民族，尤其重要的是各階級，在反映各各的制作上的活的靈魂的藝術上，是各有各各的特殊性的。無產階級，被弄窮了的這階級，一向對於人類的藝術創造，沒有能够揮着雙手，參加在一起，但從今以後，我們從這階級，却可以期待許多的東西了。

託爾斯泰之死與少年歐羅巴

生長於現今正作主宰的老年歐羅巴的懷中，而正在發展的少年歐羅巴，未來的歐羅巴，一聞那維繫着古代的好傳統和未來的好希望的巨人之死，便熱烈地——雖然還不能說是完全融洽——呼應了。這是毫不足怪的。誰能不敬重藝術家托爾斯泰呢？

但是，在少年歐羅巴的盛大的託爾斯泰崇拜之中，在思索底的人們裏，也寫着許多的文章，即使未必能喚起驚奇之念，但至少，是引向認眞的思想的。

造成少年歐羅巴的建築物的脊梁，基礎的圓柱，那自然，是馬克斯主義的廣汎深遠的潮流。這一方面的理論家們，因為依據了純淨的嚴格，將自己們所承認的純正的眞理，從一切的混雜，一切別的文化底潮流（卽使這是親近的，懷着同感的）區別開來，便屢屢被譏為衒學。近來，關於託爾泰斯的教義——首先，是關於教義，並非關於藝術——在這世界裏，已經接到了頗辛辣的否定底的意見，且加指摘，以為他的有着使自己成為和科學底社會主義的正反對之點的。無產階級思想的表明者和那前衛底分子，將默默地經走過託爾斯泰的墓旁呢，還是不過冷冷地顯示自己和這人並無關係呢，這是可以想到的事件。然而這樣的事件却並不發生。

自然，無產階級對於美底價值，不能漠不相關，是並無疑義的。無產階級無論在怎樣的階級，時代，社會的藝術裏，都會將這看出。然而在許多俄國勞勵者發來的電報之中，所說的不僅是關於作爲藝術家的託爾斯泰，不，較多的倒是作爲社會實行家的託爾斯泰。

從在國會中的社會民主黨的黨派所發的電報，也是一樣的意思。而且不但以自己之名，却用世界無產階級之名，表了弔意的黨派，是不錯的。

實在，考茨基(K. Kautsky)寫着關於作爲值得崇高的榮譽的偉大作家的託爾斯泰，同時也分明懷着不只是單單的藝術底一天才這一種意見。

萊兌浦爾在有責任的議會的演說上，關於作爲軍國主義之敵的託爾斯泰，就是，關於這個處所，也陳述了他的社會底教義，而且這樣地起誓道：『來講這偉人的事，是自以爲光榮的。』

做着奧地利國會的議長的反猶太主義者，拒絕對於託爾斯泰的尊崇，爲了他的名譽，做一場最初的雄辯的演說的，是社會主義者。

在法蘭西議會裏的託爾斯泰紀念會之際的大脚色，迦萊斯(Jean Jaures)的說明，也許是更加精密了。『在荒野上，有着「生之泉」。人們常常去尋牠。在這泉，是交錯着無量數的許多路。託爾斯泰是這樣的生之泉。質素的基督教徒們和我們社會主義者，是走着不同的路的，但我們在叫作萊夫，託爾斯泰這愛之泉的旁邊，大家會見了。』

將向着我們的同胞的這去世了的偉人，表示社會主義世界所取的敏感的，有愛情的態度的記錄，無涯際地繼續下去，固然也好罷。然而關於託爾斯泰的教義和聲名不下於他的馬克斯的教義的根本底對立，却誰也不願說，而也不能說。對於重要的這一般，遮了眼睛，是不行的。不加分析，而接近託爾斯泰主義去，是不行的。因爲他不是人類的前衛的全然同盟者，同時也不是敵人。

其實，科學底社會主義，是由於現在組織的苛刻的矛盾狀態而生的。萊夫，託爾斯泰也將這些苛刻的矛盾，天才底地加以張揚。社會主義將這些矛盾的解決，求之於使因階級，國家而生的人類的區別，告一結局那樣的調和的社會組織，靠着勞動的組織之中，萊夫，託爾斯泰也一樣地尋求調和的組織，一樣地描寫人們的勞動的協和的將來，一樣地排斥階級差別，一樣地愛下層社會，而嫌惡上流社會（自然，這嫌惡，並非對於個個，而是對於金權政治，貴族政治的原理這東西本身的）。

科學底社會主義，將個人主義看作置基礎於私有財產之上的社會底無政府狀態的一種。

社會主義豫言着集團主義，同志底感情，廣汎的，英雄底的世界觀，對於狹小的小店商人底的那些，將獲勝利，而排斥着個人主義。自有其豐富而緊張的個性的萊夫，託爾斯泰，個人主義的苦悶者的萊夫，託爾斯泰，是將自己的一生，獻於和個人主義的爭鬥了。

科學底社會主義，將國家看作分離着的利己主義者們和階級底矛盾的社會的自然的組織。

託爾斯泰對於國家，也抱着一樣的意見，先見到倘在別樣的條件之下，國家是將成爲無用的東西。

惟這些，是兩者的思想底建築物之間的最重要的類似點。

自然，那差異，也是根本底的。

科學底社會主義，是現實底。

科學底社會主義，將個人主義，私有財產，資本等，看作在人類文化發達上的不可避的局面。因爲要從這苦楚的局面脫出，社會主義則惟屬望於現在社會的內底的力量的發展；或則客觀底地，將這些的相互關係剖明；或則竭力盡猝於將以未來的理想的負擔者而出現的階級的自覺。科學底社會主義是主張從人類進到現在了的道上，更加前進的；是主張一面助成着舊世界的破壞，新世界的成熟，而積極底地，參加於文化生活的一切力面的。

作爲社會哲學者的託爾斯泰——却是淸水似的理想主義者。他竟鋒利地將神聖的聰明的理想，和罪深的愚昧的現實相對立。爲自己的愛的理想，探求了那外面底形式的他，也在過去的事物上，自然底經濟關係的平凡的眞理上，借用着這形式。他主張從人類進化的大路斷然離開，而跳到一種新的軌道上去。據他的意見，他是不相信那前去參加着現實的愚劣邪惡的混亂的，這一種意義的人類的積極性的。首先，應該學習不做那一看好像自然，而其實是有害的許多事。這事情，並不如有些人們所想，就是表明着託爾斯泰的教義是消極底。他的教義，是積極底的。然而是觀念底地，積極底的。託爾斯泰將言語的力量看得很大，至於以爲可以靠不斷的言語的說教，先將無智的人類的醉亂的行列阻止，然後使這行列，和讚美歌一同，跟在進向平和與愛的王國去的整齊的行列的後面。

在這里，也生出別的根本底的不同來。和個人主義戰鬥，馬克斯是用社會底道程，即社會構成的改造的，但託爾斯泰却用個人主義底道程。在他，是只要個性將自己本身犧牲，在自己的身中，在自己的懷中，將自己的個人主義，燒以愛之火，作爲那結果，全社會便變了形狀了。

託爾斯泰——是豫言者。他和那對於使遊牧民的性情，因而墮落的文明的潮流，曾經抗鬥的以色列的豫言者們，是血族的弟兄。他們也曾將人們叫回，到眞理去，到人性去，到小私有財產底牧歌——在這里，所有物已經不是所有物，是爲神的法則所統，而是神的臨時的頒賞——去。託爾斯泰的社會上的教師顯理。喬治(Henry George)，以摩西的法則爲最好的律例，贈了讚歌，是不亦宜哉的。託爾斯泰者——和那憑着新舊約所讚美的平等之名，雖引弓以向教會，也所不懼。而對於蓄財的增加，築了堤堰的偉大的異端者，是血族的弟兄。他和那在舊的組織之中，不知不覺將囘憶加以理想化，而持着人道底的態度的聖西門(St.Simon)，布魯東(Proudhon)，嘉勒爾(Carlyle)，洛思庚(Ruskin)等，反對着資本主義之不正的新的門士，是血族的弟兄。

然而，假如科學底社會主義的同人，雖然不贊成這樣的人們，而對於他們，還不得不獻尊敬的貢品者，這不可忘記，乃是因爲同人之中，用了像託爾斯泰所有的那樣無比的武器，就是藝術底天才的武器，武裝着的人，一個也沒有的緣故。我們且停止將作爲藝術家的託爾斯泰，從作爲思想家的託爾斯泰拉開罷。其實，是內底平安的渴望，要解決那強有力的個性的矛盾的欲求，其實，是對於自己和周圍的人們的憑着眞理和眞實和公明之名的冷酷——使託爾斯泰成了藝術的巨人的。他的藝術作品，一無例外，都是道德底，哲學底論說，他常常，對於新的，客觀底地是極有價值的，但爲他所不懂的東西，打下自已的鐵槌去，要打碎一切。但是，看罷——這些打擊，並不足爲害。

有可活的運命者，是不會因批評而死的。而舊的世界，却反而因爲託爾斯泰的強有力的諷刺的箭，而顫抖，動搖了。他用了美的光，將虛僞的觀念和頹廢的居心，加以張揚，照耀。然而這樣的文字，也不過呼起深的憐憫來。對於在自己裏面的自己的階級和自己的傳統的狹隘，不能戰勝的偉大靈魂的誤謬，在這裏，我們就極容易覺察，但託爾斯泰將對於個個的目的的平庸的，好的本質的勝利，以及人類和宇宙的一致，却用了他以前的怎樣的詩人也做不到的，征服一切那樣的熱情，加以讚美的。

這力量，卽所以使託爾斯泰在理念和感情兩方面，較之他的一切偉大的儕輩，升得更高。惟此之故，所以在一切的這些，經濟底地反動底的革命家們中，在這些沒有發見直向自己的理想之路的愛與和諧的騎士們中，在這些，實在雖是朋儕，而被誤解爲仇敵的人們中，託爾斯泰遂較之別的什麼人，都爲較近於歐羅巴社會的前衛底的階級的前衛底的人們的心臟。

少年歐羅巴，那自然，要比我寫在篇首那樣的潮流爲更廣。而且已經，自然——有着兩個作家，作爲這少年歐羅巴的正當的代表者而出現，他們已將託爾斯泰在精神的王國中的位置和所謂空間底之大。比誰都高明地下了定義了，其一個，年紀也較老，在那作爲藝術家的靈魂中，也有着許多文化底老衰的毒，但是，雖然如此，他却憑了多樣的，有光輝的天禀的別方面，和現在的。

在我們的文明化了的世界裏，惟我們所獨有的最年青最新鮮的東西，非常相近的。我在這里是說亞那託爾，法朗士（Anatole France）。別的一個，應該算進那一面的陣營裏去，是頗爲曖昧的。但他也由那靈魂的超羣的琴絃，和新的音樂，將來社會的音樂相呼應——都是該爾哈德，好普德曼（Gerhart Hauptmann)。

法朗士在託爾斯泰之中，看見了偉大的先見者；還抱着這樣的意見，以爲在市人的腦中，被想作帶瘋的烏託邦似的他的教義中的許多東西，乃是作爲很完成了的人類生活的一種形式的敏感的豫覺而出現的。和這同時，他——這是最重要的事——還將託爾斯泰來比荷馬(Homeros)。

將一種散文詩似的東西，呈之託爾斯泰的好普德曼，是加了兩目：薩服那羅拉（Savonarola）和佛陀。

讀者諸君，和這些文化界的三明星同時相接的人，是應該怎樣偉大呢，試來加以想像罷。荷馬——這是客觀性本身，是用了燦燦之明，使現實反映出來的直覺底的天性，是在現實在那財寶之中，爲了反照，而見得更加偉大，輝煌，安靜這一個意義上，將現實改變形容的直覺底的天性。薩服那羅拉呢，恐怕是完全相反的本質，就是，熱情底的主觀主義，直到了恍惚境的空想主義，要將一切的客觀底美，隸屬於主觀底道德，形式——靈魂的欲求的最明白的表現罷。他的世界裏的事故，總見得是有些蒼白，醜惡，偶然的。但相反，他却將『失掉了平心的運命到偉大地步，和幾乎失掉了情熱的喬爾泰』(譯者註——荷馬的形容。重譯者按：喬爾泰是希臘的大神)，變爲滿於愛的——同時也是較之正在死刑的絞架上。苦着就死的人的模樣，不能變得更好的那樣可怕的——神的意志了。

倘若在和以上的兩極的同距離之處，能够發見天才，那自然，是佛陀了。他對於生活的美之前的歡喜，對於緊張的鬥爭底的意志的激發，都取一樣的態度；對於竟愚蠢到想以各種嬉戲來誘佛陀的幻的摩耶（重譯者按：摩耶夫人和佛母），對於在自己的方面，最爲崇高的一切的情熱，也一樣地送以哀憐和嫌惡的微笑。

觸到荷馬和薩服那羅拉和佛陀——這事，那意義，就是說無限。自然，託爾斯泰並沒有荷馬那樣的淳朴底的客觀性，也沒有透明那樣的平靜，也沒有藝術家底率直。

誠然，荷馬並不是一個人，是將年紀青青的民族的嘗試，聚集在自己的六脚詩中的代代的詩人們（他們互相肖似着）的集合體。但是，從託爾斯泰的許多詩底表現裏，他的創造，就如自然的創造一般，在他，也有着好像細形象東這西，就貫通着客觀底實在的一切美和力之中那樣的輝煌的眞理的太陽，直接底的明觀力，吹拂着瀰滿的生命的風。託爾斯泰又如實地包含着全民衆的內面外面的兩生活。在那表現的廣闊之點，令人想到荷馬。

自然，託爾斯泰在那說教之點，熱情底地，是不及薩服那羅拉。在他，沒有暗黑之火，沒有遭遇靈感，遭遇惡魔的恍惚境。

但無論如何，非常類似之點的存在，是無可疑的。在無論怎樣的地上權力的禁止之前也不跌絆；向着眞理和公正之探求的那毫不寬假的強直；對於神的那熱烈的愛，從這裏流出來的那信仰的公式的保守者的否定；對於兼顧二者的精神底的，憑着永遠的生命的充實之名的，外面底文化生活的單純化的那欲求；並未排斥藝術，但只准作爲宗教底道德的僕從的那態度：就都是的。

而應當注目的事，是恰如薩服那羅拉的宗教底道德主義，在那說教之中，却並未有妨於他之登雄辯術的絕頂，以及他雖然跪在傳道士波契精黎的足下，也並未有妨於他描寫許多的傑作，並且生活於別的藝術底巨人蒲阿那羅諦（譯者註——是密開朗改羅）的心中一樣，託爾斯泰的宗教底道德主義和他的美的一切一面性，也沒有妨害他寫『復活』和其他的傑作。自然，不消說得，薩服那羅拉和託爾斯泰，在對於藝術的那宗教底態度上，縱使是怎樣一面底的罷，——他們却依然站着，較之『爲藝術的藝術』的論究者，還是決然，作爲拔羣的藝術家。

託爾斯泰恰如活着而已經知道了湼槃的境地的佛陀一般，既非亞細亞式地善感，也不是不知道悲哀。然而託爾斯泰的神，總顯得彷彿一切東西，都嬌憨地沈沒融化下去的輝煌的深淵模樣。託爾斯泰的愛，常常很帶着對於平靜的渴望，以及對於人生的一切問題，困難的一面底解決的渴望的性質。

所以託爾斯泰不是荷馬，不是薩服那羅拉，也不是佛陀。然而在這無涯際的靈魂中，却有使法朗士和好普德曼想起上述的三巨人來的血族的類似點。再說一回罷，同時觸着三個的項上的事——那意義，就是說，是偉大的人。在託爾斯泰之中，集中着許多各樣的有價值的東西。因此，裁判他的時候，裁判者也會裁判了自己。我對於少年意大利，尤其願意用一用這方法。

我自然並非說，加特力教底的，保守底的，有產者底的舊的意大利，『可尊敬的』月刊雜誌和大新聞的意大利，知道了託爾斯泰之死，沒有說什麼聰明的好的話。然而由那舊的意大利的理論家們說了出來的有限的聰明的，好的話，却全落在平平常常的讚辭裏了。惟巴比尼（Giovanni Papini），則將我們檢閱少年意大利軍在託爾斯泰的墓前行進時，可以由我們給以有名譽的位置的好讚辭，寫在那論文裏。

託爾斯泰之死，即成了誠實的，而且全然燦爛的論文的基因。這論文，是增加巴比尼的名譽的，較之憑了同一的基因而作的意大利中的所有文章爲更勝。假使紙面能有餘地，我們是高興地譯出那全篇來的罷。但我們只能耐一下，僅摘出一點明白的處所。巴比尼是將意大利的一切御用記者們，堂堂地罵倒了——

『凡平常的公牛一般的愚鈍，事件是關於牛和驢子的時候，幾乎就不注意，一旦出了事，便立刻在你們的前面，滿滿擺開不精緻的角來。

『可以借百科辭典之助，用了一等葬儀公司的駢文一般的文體，顛來倒去．只說些催起一切嘔吐那樣的，應當羞愧的，「舊賬」底的嘮叨話的麼？我停止了拚命來竭力將聖人的出家，一直扯落到家庭口角的突然的一念去的嘮叨話罷。但是，對於文筆小商人們利用了這機會，而向託爾斯泰抛上笑劇演員和游藝家的綽號的事，怎麼能不開口呢？ 假使託爾斯泰是空想家，是游藝家的事，能慰藉值得你們的侮辱的偏險，那麼，我們又何言乎了。然而對於裝着無暇和年邁的空想家相關的認眞的人們的臉，而在嘮叨的你們，却不能寬恕的。託爾斯泰是吐露了難以寬容的思想。但這在你們，是「愚蠢的事」，——你們即使怎樣地擠盡了那小小的腦漿，也不能一直想到這處所的——。

『即使怎麼一來，能够想到這處所了，你們也沒有足以吐露牠的勇氣罷。——假使因此而永遠的生命，便在你們之前出現。我來忠告一下。雖然很有使你們的新褲子的纍痕，弄得亂七八遭的危險性，但總之，跪到那寫了愚蠢事情的作家，說了不可能的事的使徒的他的靈前去罷。』

巴比尼在這暴風雨般的進擊之後，陳述着作爲理想底的人類的生活的託爾斯泰的生活的內面底意義。 他將自己的許多的思想，綜合在下文似的數行中

『這——是人呀。看哪——這、是人呀！他的生活的開始，是英雄底，戰鬥底，充滿着事件。那是委身於賭博和情欲，然而戰鬥不止的封建底的人的生活。然而從這兵士裏，出現了藝術家。他，藝術家，開始了創造者的神聖的生活，他，使全世界的死者們復生，將靈魂插入數百新的創造之中，使大衆的良心振動，給一切國民讀，登一切人之上，終至於見到世界上沒有和自己並行者了。自此以後，乃從藝術家之後，出現了使徒，豫言者，人類的救世主，溫和的基督教徒，現世的幸福的否定者。

『他在獲得了所遺留下來的那麼多的東西之後，怎麼能不將一切東西，全部辭退呢？』

巴比尼的論文的這處所，令人想起黑格爾(Hegel)的宗教哲學中的有名的處所。就是，偉大的哲學者，是將人的一生，分爲下文的四階段，而描寫着的。

尙未覺醒的未來，開始逍遙起來的淳朴的幼年時代。生命的加強了的歡喜和伴着難制的熱情的苦惱的，渾濁的，苦悶的青年期。

有平靜的信念的伴着創造底勞役的成年期。獲得了在一切個別底的事物之上的普遍性的認識的老年期，擁抱一切，否定了個人主義的殘滓，好像溫情的教師的老年期。

這和由安特來夫(Andreev)所表現的『人的一生』，全不是兩樣的東西！其實，老年是往往並非作爲靈魂的神性化的第四的最高階段而顯現的，——這屢屢，是力的可悲的分解，是肉體的不可避的潰滅，同時是靈魂之向廢墟的轉化。然而，老人的燦爛的典型，密開朗改羅(Michelangelo)，瞿提(Geothe)，雩俄(Hugo)，託爾斯泰——是顯示着黑格爾的結構，較之極度可悲的變體底的現實，尤爲可信的。

剛在地上萌芽了的社會主義的機關誌『少年意大利』的少年作家們，也向託爾斯泰揮上了臂膊。說，他是早在先前死掉了的了。老年者，是永遠的死，而託爾斯泰的哲學，是這偉大的天才的腐敗的結果，是心理的老衰，云云。但是應該和這些尚未成熟的少年們，一併寬恕了這樣的裁判。他們是充滿着力的。

倘若剛剛將脚踏上了第一階段的他們，已經懂得了第四階段的心理，那麽這不是好事情 論文『對於託爾斯泰之死的生命的回答』的作者，青年安契理斯(D'Ancelis)，對於作爲藝術家的託爾斯泰，是抱着尊敬之念的。他和一般的人類的成長相比較，而認知託爾斯泰的不可測之高，以爲大概惟有被託爾斯泰所裁判了的莎士比亞，在自己所創造的世界的豐富這一點上，和他爲近，更以下文那樣的話，結束了文章——

『這使徒，也是正當的，而且是嘉勒爾底意義上的「英雄」。他作爲英雄而生，作爲英雄而死了。然而人類並無需宣說生活之否定的英雄。

『却反對地，必需強有力的，不屈的藝術家。惟這個，是尋問這老人的苦悶之迹的時候，所以感到我們的心臟的跳動，恰如在年邁的父親的臥榻之側的兒子的心臟一樣的原因。』

這實在是可以據以收束小論的很好的記錄。

託爾斯泰與馬克斯

一　資產階級的主力少數主義

同志諸君！叫作『託爾斯泰與馬克斯』的今天的我的題目，我並非然偶選定的。現在，我們的俄國——別的各國，那形態却有些不同——在決定人類的分野的根本底諸觀念之中，馬克斯主義和託爾斯泰主義，是被表現在對蹠底的地位上。

自然，對馬克斯主義的一切之敵，都歸在託爾斯泰主義的陣營內，是決非妥當的。

馬克斯主義云者，如大家所知道，是無產階級的觀念，是階級理論，是在支配階級和勞動階級的鬬爭上，勞動階級所把持着的武器。有產階級領率了那一切的枝條，以及爲了無智，社會底地易於分裂的傾向，而落在有產階級的權勢之下的那些民衆，正和馬克斯主義對立着。從託爾斯泰主義看起來，有產階級是最少有可以責難之處的。——有產階級者，如大家所知道，是帝國主義底的東西。有產階級者，雖當最近的戰爭在地上塗了血，時日還不多，却已在暗地裏整頓着新的武裝和謀略。有產階級者，一任那放恣的意志，要以準備在人類頭上的其次的戰爭，怎樣地惹起未曾有的深刻的結局，使全世界陷於破滅的底裏，在這裏是已經沒有多說的必要了。

我們馬克斯主義者，就是，首先，是革命底的，唯一眞正的馬克斯主義者，共產主義者的我們，和這掠奪底的有產階級的，意識底地固執在各種地位上的一夥人，應該徹底底地戰鬥。在有產階級的背後，並沒有思想底的什麼的力量。帝國主義底有產階級，對於自己的存在，自己的傾向，以及自己正在造作的罪惡，是尋不出辯護這些的理由的。到最近，有產階級將疏辯自己的野獸底的面貌的事，以及將這面貌扮作道德底的東西的事的一切企圖，全都放棄了——就是這樣說，也不是過甚之辭。自然，隨伴底的報事者們，那是雖在現在，也還想將毒藥裝進民衆的腦和心裏去，並且想用愛國主義的麻藥的。苻拉迪彌耳。伊立支（列寧）在帝國主義戰（歐洲戰爭）後不久，所講的議論之中，曾有悲觀說，以爲在叫作祖國這各色的國旗之下，有產階級是從新招兵，許多勞動者是眩惑於愛國主義的口號，又要爲了搾取他們自己的人們，演兄弟相殺的慘劇了罷。這是大概不錯的。——然而，雖然如此，這仍可以用了認眞的觀念來鬭爭，那是無須說得。爲了搾取者們的利益起見的勞動者互相的殺戮，要之就只在輿論的沈衰，嵌在對於目的的印板裏的習慣的惰性，批判力之不徹底等。但是，卽使並不思索這些事，早早晚晚，也會到民衆自己看破這意氣昂然的野獸的原形的時候的罷，惟這時候，則有產階級當然成爲他們的憎惡的對象了。

實在，在有產階級，也有可以辯護自己的觀念的。這是什麼呢？是少數生義(註)，卽變了形的馬克斯主義。社會民主底馬克斯主義，乃是有產階級來遮蔽自己的羞恥部的沒有果實的葉子，有產階級是缺少那揮着什麼像自己的主義的東西，積極底地闖到民衆面前去的勇氣的。——有產階級因此便迎迓社會主義，又利用馬克斯主義者，於是民衆就傾聽他們好像是自己的話的主張。他們先說起和有產階級的階級戰，然而這是客套話，只因爲臨末想要講革命的休息。他們將歪曲的，所謂進化底馬克斯主義這一種寬心的嘮叨話，說給勞動階級聽。就是，他將事物的推移，委諸運命之手，而對於無產階級，則說忍從，節度，整齊之必要的。

註：Menshevism 意云少數主義，也譯少數主義，原是指 Plekhanov 一派的社會民主勞動黨少數派的指導原理而言，但也用以稱社會民主主義，Kautzky 等的正統派馬克斯主義，Kautzky主義等——重譯者。

少數主義，從這見地說起來，那自然，是我們的最可怕的敵。因此我們為了和他們鬪爭，費去了非常之多的時光。在民衆面前，使少數主義的聲望失墜，也便是克服民衆，那我們是很知道的。所以我們的戰術，是在少數主義的徹底底批判，我們現在正在實行的統一戰線的樹立，以及從我們的隊伍之中，將可疑的分子毫不寬容地加以掃蕩——這些一切，那意義，已經就是和在本質上，似是而非的馬克斯主義，即少數主義數的鬬爭。

少數主義之力，是強大的，這在事實上，是做着有產階級的主力的。有產階級能够從勞動階級的前衞，社會民主機關之中，開了自己專用的代理店了。他們的利用少數主義有怎樣巧妙，只要看世間一切有產階級中的最聰明而且有着最古的歷史的英吉利的有產階級，竟將政權付給了少數派這一點，就可以明白。他們以爲只要資產家的保守的政權，在麥唐納之手，是決不愁危險的，竟毫不失機。所以將政權交給麥唐納的事，就成了對於勞動階級，給了更富於彈力性的欺騙和愚弄的新形式；也成了一種聰明的新政策，是對於政治思想的發達幼稚的民衆，竭力給與一個印象，使覺得英吉利是勞動者自己在治理，在英國已經無可更有要求了。在這半世紀間，有產階級就大抵這樣地仗着民衆主義的幫助，使民衆錯亂，藉普通選舉的幼影，使民衆行欺騙底選舉。然而選出的閣員，依然是有產者，是承少數派的意旨，而壓迫大多數民衆的東西。在現在，有產階級是這樣地計劃着在用了新的尺做出來的民主主義的旗印之下，來建設使確乎不拔的自己的權力，實證底地確立起來的社會主義底政府，勞動政府的。

二　託爾斯泰主義爲馬克斯主義的競爭者

同志諸君，託爾斯泰主義在上面說過的我們所謂「隨伴底」敵對裏面，是佔着第二義底的地位的世界觀。這在無產階級，是並沒有那麼大的影響的，但對於智識階級，却是給以極深極深的影響的思想。還有一點應該看得緊要，就是，有時候，不但在歐洲，雖在亞洲腹地的農民的較良的階級裏，也有得以成爲我們的競爭者的可能性。

託爾斯泰主義要引勞動智識階級和勞動農民階級爲最重要的同調，以及成爲我們的競爭者而出現的事，到了如何程度呢，用兩個小小的例子來表示罷。

法蘭西現代的大作家羅曼，羅蘭（Romain Rolland），是作爲許多小說和評論之類的作者，有盛名於歐洲的人。曾有這樣的逸話，就是，他二十五歲的時候，將充滿着感激的信，寄給託爾斯泰。那時，他信裏的意思，是說自己是託爾斯泰的精神底子息，請託爾斯泰的愛顧和教示，因此託爾斯泰看了他的滿是眞實，而且顯着天才的閃光的信，知道寄信人是很瞭解託爾斯泰自己的，便將長的懇切的回信，寄給羅蘭了。

近時我在關於羅蘭的論文中，看到了頗有名的這樣的句子。那是說，『萊夫。託爾斯泰是世界的智識階級之父，而當他自己進墳墓時，以自己的地位，任命於羅曼，羅蘭了。」

歐洲大戰前，尤其是羅曼，羅蘭正在主張着嚴格的平和主義的大戰的最中，對於他，從歐洲和別的諸國寄信來的，以及直接訪問他的，非常之多。雖是現在，關於一切政治問題，羅曼，羅蘭是還在應對的，但最近有一樁案件——這是發生於西班牙的國粹反動主義者兌，理威拉將軍和同國的大哲學者烏那木諾（Unamuno）之間的大爭執。政府便將烏那木諾從西班牙放逸利亞非利加，或是什麼地方的島上去了。那時候，羅曼，羅蘭便對於兌，理威拉將軍發表了一篇智識階級底氣味紛紛的抗議文。我們只要這樣想像，就可以沒有大錯，就是，恰如在有些國度的國民，現在的教皇之流的恐嚇文字也未必一定成爲威壓底的東西一樣，羅曼，羅蘭的抗議，也毫無效驗地跑過了兌。理威拉將軍的銅一般的前額了。然而世界的報章上，連最爲保守的東西上，也登載了羅曼，羅蘭的抗議，所以惹起了大大的波紋；他的道德底計量，雖在現在，也還是非常之沈重到這樣。

是去年罷。還是大約兩年以前呢，羅曼，羅蘭曾將一封信寄給法蘭西智識階級一方的代表者的那『火中』的作者巴比塞（HenriBarbusse）。巴比塞是我們的同志，共產主義者，是天才底作家。他寫了關於戰爭的著作，而這還被翻成世界的各國語了，自然，那些書籍的內容，是就戰爭的慘禍和戰爭的根本問題，而傳其眞理的。

巴比塞非難了羅曼。羅蘭，那要點，是在說羅蘭對於革命暴力的組織化，和對付有產階級權力的民衆底權力的組織化的重要性，沒有懂得。他又威喝似的這樣說，『連齒尖都武裝了的有產階級，將繼續作佔有那強靭的組織全部之舉的罷，爲什麼呢，因爲用這強韌的組織之力，防止雖一兵卒，也不能脫自己的權力之外而他去。××××××，××××××，使行同胞戰的有產階級，是使民衆再陷於先前的困窮的底裏，而無論怎樣的良言，怎樣的說教，怎樣的主義，也早不能收什麼效果了，要反對這勢力，即有產階級的「這地獄之力」，只留着一條路，這便是××××××××××。不能作×××的準備者，即這組織的破壞者，××從引人類於破滅之底的階級的手裏，將政權奪取××××××，要之，便是人類進步的奸細。』(註)

註：許多空字，是原譯本如此的，現在姑且約略譯出，極希望看見原文或法文原信的讀者：加以指示，俾後來能夠修正——重譯者。

對於這個，羅曼。羅蘭便直揮着託爾斯泰的理論，為擁護純無抵抗主義的立場。堂堂然直撲巴比塞了。對於這羅曼。羅蘭的反駁，歐洲智識階級的一部分，便以為惟這無抵抗主義，即對於暴力的無抵抗，是唯一的合法的主張，且從靠了這善意主義，理想主義，有在地上創造『神的平和』，事實上芟除戰爭的可能性這一個這仰上，表示贊成之意。但智識階級的別一部分，也有僅僅僞善底地，讚和羅曼之說的。他們知道得很清楚，倘依無抵抗主義的理論，則有產階級的權力，還可以保幾年的壽命；在有產階級，託爾斯泰主義是無上的好的防禦機，只要託爾斯泰主義和羅曼主義保住地位，便可以處之泰然的事，他們是很知道的。無抵抗主義作爲反抗的形式，是有利的，至少，較之革命底反抗，那當然是較爲有利的形式。

這回是舉一個在亞細亞的例子罷。在我們，現在特別應該看作重要的，並不只以在歐洲的事象爲限，就是在東洋的這些事，那重要性也是相等的。作爲列甯所遺留的功績之一，可以特記的事，是他指出了無產革命，和亞細亞的農民革命有不可分離的關係這一點。列寧是從那天才底思想，到達這樣的歸結的。當有產階級正仗着少數主義戰術，使無產階級的首領者腐化，將他們買收的時候，歐洲的無產階級對於有產階級，能揚勝利的凱歌者。是只在這樣的一個時機。

這便是做着前驅的各國的社會革命，和殖民地及準殖民地的無產革命相聯結的時候。所以我們也應該以對付歐洲一樣的注意，去向東洋。

印度的人口計有三億，和蘇維埃聯邦共和國人口的兩倍半相當，較之亞美利加合衆國的這，是三倍以上。這大數的人口，現在是正在醞釀着動搖。印度的革命思想。是向着各方面在動彈了。在印度也有共產主義者，然而印度的產業。還在比較底幼稚的狀態。所以在目下，共產主義者還寥寥，但到將來，當以居民的大數為同調的民族運動之際，他們是要顯示那活動的能力的罷。所謂居民的大數者，就是在他們的被虐待的境遇上，還在採用排英政策時。農民底集團的前衛。而貧農民底集團，是可以分爲兩個範疇的。其一，是計劃着民族底一揆的續極底集團，其大多數，是政治底思想覺醒了的印度國的回教徒；別的一個，是支持印度的舊文化即甘地(Gandi)的運動的一派。

甘地在印度是得了聖人之稱的。他也是印度民衆的大指導者。他的戰術，是託爾斯泰式戰術。不消說，託爾斯泰和甘地之間，是有不同之點的。然而這不過是在技葉上，以全體而言，甘地實在是印度的託爾斯泰。所以由他說起來，惟有仗着平和底手段，即文化底運動，這纔能够得到最後的勝利。而這所謂文化底運動者，雖是其中的稱爲最過激的手段的，也不過是英國貨的不買同盟，或是對於英國的統治權，組織民衆的武器底一揆罷了。

到這裏，我已經從種種方面，講過了這兩個範疇的例子。由此也可以明白，有些運動，只要和無產階級的問題無關（雖然我們是以與無產階級一同，和少數主義的中心思想來鬪爭爲主的），還有，只要並非擺開於無產階級運動有重要意義的協同戰線，則那運動，就應該和蒙了託爾斯泰主義影響的運動，受一樣的待遇。所以在這裏，便生出剖明託爾斯泰主義和馬克斯主義的關係的興味來了。

作爲社會底現象的託爾斯泰主義。並不是新的東西。新的社會形式，即資本的集中，著大的富的膨脹，商業和產業的生長既然出現，而且普及於一個國度裏的時候，則和託爾斯泰主義相似的運動，便自然發生起來，現在我將這樣運動之行於舊時代和見於最近的歷史的兩三例，舉出來看看罷。

稱託爾斯泰爲豫言者，是可以的。他和見於聖書中的豫言者是一模一樣。因爲他和他們，雖然隔了幾千年的時代，然而不過在反覆着同一條件之下，反覆着他們所反覆了來的事情。

這些警世家，即聖書底豫言者，一早從伊里亞，藹勒綏的傳說時代起，到現代的世間止，那出現竟沒有中絕，是因爲什麼理由呢？那說明，是這樣的。早先，原是游牧民族的猶太人，經歷時代，便漸漸定居於一處地方，於是他們就從事農業，蒙了周圍的文化底影響，蒙了從一方面，是農業經濟上必然底的現象的土地集中化的過程，從別一面，是大規模的商品交換的影響，終於顯出種種的階級底分歧來了。於是猶太人的生活便成爲貴族底，這就化爲君主政治。到底造成了靠着窮困同胞的犧牲以生活的階級。這階級，採用了商業底農業國的道德，同時也通行了適合於農業底商業生活樣式的宗教，即通行於西部亞細亞的拜地農作的宗教。這宗教，在那狂熱和淫佚，以及帶着對於窮人的欺騙底，而且誘惑底傾向這一點上，是稗勒和愛斯泰爾德的信仰。（註）然而是富於許多文化底美底要素和華麗巧緻的宗教底儀式的宗教。

註：Baal et Astarje, 裴尼基的男女兩神，代表懷孕和生殖力的—重譯者。

猶太的富豪，既爲這所謂『異端』的宗教底華麗方面所蠱惑，同時也脫離單純的原始底生活樣式了。然而接着這事而起的，是寡婦孤兒的搾取，那住屋的奪取，奢侈，歡樂和飲酒之風，和這些一同，也流行了使用各種的香料，黃金，裝飾品；讚美女性所具的儀美，典雅，淫蕩；終至於倡道復歸於異民族之神的信仰了。

由以上的所講，已經完結了我們的對蹠底階級，卽胎生期底資本主義的說明。然而這資本主義，那自然不消說，是極其原始底的，交易底性質的東西，並非在眞的意義上的資本主義。而這游牧底集團，對於新發生的這壓仰底秩序。竭力反對了。稍富的人。固然能有仗着政治底手段，來直接反抗的機會，但下層民衆，對於支配階級的道德，却不過在嘴上說些不平。在先前，相對底平等主義，對於隣人的好誼，生活的簡易化這些事，曾經怎樣正當地施行過，民衆是知道的。於是以爲這些是民衆的眞的生活，而且是惟一合法的事情，我們的神，民衆的神，即古代以色列人的民族聯盟的軍神，是嘉納這眞理的，其他一切的企圖，則和我們的神相違背，而主張過去的生活之唯一合法了。

往時，神的豫言者之所以被尊敬的理由，是因爲用了平常人的話，即對於民衆，不能給與一些反響。所以無論怎樣的雄辯家，也不直接向民衆訴說。民衆不過由豫言者在半發瘋癲中說出來的奇蹟底的言語，知道他的精神。因爲倘不這樣，民衆就不相信辯士和豫言者的話。他們的意思，是以爲凡有一切，都由 Animism（萬有神道），即視之不見的偉大的力，作用於實現而生的。

無論如何，這是重大的反抗。但到底，這成了怎樣情形呢？豈止不是現狀維持呢，倒是成了使歷史的車，向後退走的傾向。然而這時候，和神的名是不相干，但將這過去加以分析，讚美，換在更好的位置上，並將過去加以理想化，不放在自己的背後，而反放在前方，換了話來說，就是，只好將一看是理想化，聖化了的舊的秩序，作爲理想的對象了。

然而這理想，是小有產者底，小市民底，小農民底的滿足。但是，在各人還都住在陋屋裏，連這也做不到的人，便躅在無花果樹下，而且大家都靠着自己的勞力而生活着的時代，則希溫（Zion）山邊，曾經度着由完全的隣人愛而生活，因此也充滿着神的眞理和生活的平和的事，却也不難推想的。所以豫言者們，也沒有論及社會底理想和意向的必要。那有這樣的必要呢？他們說過平等，說過分田，說過小經濟，然而這是中農民的理想，是稱爲搾取者，則還太幼稚，然而達得最高了的中農經濟的理想。作爲飽滿的，而且度了仗着隣人愛的平和生活的結果，他們對於全地上的革命，是也抱着相同的見解的。據那時的他們的意見，則是懷着狠可以和羔羊一同飼養，獅子決不來害小兒那樣的思想。倘是這樣，那麼，這地上，是成了平和的樂園了的罷，爲什麼呢，因爲由自己的勞動以營生活的隣人愛，據他們的意見，是根本底，而且唯一的，萬世不易的神的眞理的緣故。

三　盧梭和嘉勒爾的社會觀

現在，更用新的現代的例，來講一講這事情罷。這是在法蘭西的例子。法蘭西革命的原原，如諸君所知道，是資本主義發達的結果。革命勃發以前。法蘭西的有產階級，不但已經發達到動搖了兩個最高階級（貴族和教士階級）的基礎和支配力那樣程度而已，這兩個階級，對於農民階級和中產市民階級，是同爲可怕的重壓物的。法蘭西革命在那本身中，就帶着複雜的傾向。這就是，大有產階級成了支配階級，想自由地支使憲法，和這相對，別一面則小有產階級雖然不過暫時，但壓迫了大有產階級，并且引小資本家及幾乎沒有資產的近於無產階級的民衆爲同調，將實現一七九三年的憲法的事成功了。這在民主主義的發達上，是給了非常之大的影響，而且促其進步的。將這解說起來，便是在教士階級和剝了金箔的貴族之下，有着大有產階級的層，在大有產階級之下，有着在或一程度上，可以稱爲『國民』的無差別的民衆，要說爲什麼稱爲無差別的民衆，那便因爲在這裏面，混淆着農民階級的利害和一切形態的都會無產階級的利害。

革命已經準備的時候，大有產階級是利用了大家以爲輿論指導者的生活有些穩固的上層智識階級，作爲自己的代辯者的。充當了這樣的智識階級的前衛之輩，是以博學負盛名的學者，如服德爾（Voltaire），迪特羅（Diderot），達朗培爾（D'Alembert），海里惠諦（Helvetius），訶爾拔夫（Holbach）等，他們相信文明和文化，以爲將來的產業底富的增加，科學底智識，農業的進步，是可以絕滅那由於中世紀底偏見的階級差別的不合理，創造以新的科學爲基礎的人生，於是就得到這地上的繁榮的。

然而小有產階級，却並不這樣想。他們對於向科學和藝術的這樣誇大的期待，還抱着很大的不滿，因爲科學和藝術，不過是一種結約，現實底地，是毫沒有什麼好東西給他們的。不獨如此而已，這些還反而助長製造品的膨脹，成爲大商業和大資本的發達，這大資本，則成了他們的階級壓迫的盾牌了。

一切文明的本體，在壯麗的旅館中，在模範莊園中，或則在大產業經營的建築物中，在大有產階級的大商店中。瑞士的一個鐘錶匠，費一生於書記或別的牢從僕的生活，脫巡警的拘捕，而尋求着亡命的天地的小有產階級直系出身的盧梭（Jean Jacques Rousseau），是畢生沒有出這階級的圈外的，然而標舉了聖書底豫言者的別派，說出這樣的話來——

『這是撒但的作爲，這是凱因的規定。』而且你們的富，你們的名譽，你們的文明，你們的藝術，你們的學問——這些一切，都不是必要的東西，所必要者，只有地上惟一的眞理。那麼，所謂眞理者，究竟是指什麼呢？依他的回答，便是平等。是造立經濟底平等。由平等的經濟個體，結起相互契約來，以創成國家底組織，國家尊重各人的平等，這麼一來，則少數者的一單位，豈不成了對於大多數者，更無抗辯的權利了麼？然而承認大多數者的原則底的支配權，平等人的支配權的這組織，依盧梭的意見，是眞正的地上的極樂。這里有裝入他的理想底內容的理由，他主張人們應該依照自然受教育，應該復歸到自然所生照樣的圓滿無雙的人——以前是文明使他墮落了的——去，並且從此又生出更新的女性的模範來，生出作爲母性，是單純而寬大，並且對於自己所受的任務， 是用鮮花似的典麗—— 那時的有產階級和貴族階級上層的文明底女性，是沒有靈魂的偶人——加以處理的作爲朋友的女性來。盧梭將他自己的神的本相，分明地這樣說，『有誰在我的心裏說，人們應該平等，我們由活潑的勞動，由和自然的融合，而享受大的慰安，這是神的聲音，是在不需什麼教會的各人心裏的神的聲音。如果人們中止了搾取隣人，而成了在地土上作工的勞動者，則他在自己的心裏，聽到神的聲音的罷。』

這回，來講一個英吉利的例子罷。

還沒有到製品時代，商業資本時代，只是鐵的前進時代，即機械產業，工場產業勃興未久的時候，在鐵的堆積之下，被擠出了倉舍去的農夫，手工業被奪了的小手工業者們，便叫出怨嗟之聲來。當這時，奮然而起的，是英吉利的豫言者嘉勒爾(Thomas Carlyle)。然而他的話，和盧梭的話是一樣的。他向機械產業者說，『你們對着地主，城主，或則封建底的羈絆，揚着反抗的聲音。但在封建時代，地主之不得不扶養農夫者，乃是和父對於子的一樣的關係，而農夫是幾與家畜相等，愈怠於飼育，即愈不利於飼主的。然而你們現在的態度，却過於不仁。你們以這不仁的態度，只在暫時之間，便搾取完窮人，或則吸盡了你們搾取過的地主的全身的汁水，要將這改鑄為金幣。你們胡亂搜集小孩，將他們的生命拋在機器裏，要造出賤價的薄洋布來。你們有什麼權利，能說你們是自由主義者，是求自由的人呢？和『舊』相鬬爭的你們的根據，是什麼呢？

『舊』者，比『現在』還要好些，因爲那時人們是神一般過活。但是，神是什麼呢？神的規定是什麼呢？那就是隣人愛。在已有定規的世界上，無需叫作競爭這一種不仁的關係。也無需叫作簿記，減法，利益之類的東西，以及強凌弱，和令人以爲這是當然似的優勝劣敗的爭鬬。應該囘到人類關係的原始組織去。應該囘到有機底存在，相互愛去。』

據嘉勒爾說，則這些一切，都以宗教底精神爲前提，然而，無論什麼，凡一切，都應該從被機器聲，放汽聲，數錢聲弄得耳聾了的人們的內底感情，謄寫出來。

四　作爲社會底理論的託爾斯泰主義

我還可以無限量地引用這樣的許多例，然而諸君也知道着，當文化的黎明期將要過去的時候，或者那歷程將要急激地到來的時候，舊時代是總從那中心裏，生出時代的天才兒來的。他們站在舊傳統中，以反抗舊世界，但對於舊傳統，則在離開事實的看法上，以最理想化了的形式來眺望。

倘從這觀點。來略略觀察作爲社會底理論的託爾斯泰主義，我們便即刻發見這樣的事，就是，縱使託爾斯泰主義是取締反動的護民官，對於反動的革命家，即揭起反抗資本主義的革命旗子的，但倘將不用未來而用過去的名義，或者用了稱爲未來而不過是變形底過去的名義，來挑發反資本主義的一揆的人們，都大抵歸在豫言者的範疇裏，則要而言之，可以說，託爾斯泰主義在那觀物的方法上，是豫言者底的。

託爾斯泰比較了都會和農村，將理想底價值放在農村上，是事實。這大地主——託爾斯泰是大地主——對於有產者的一切東西，都抱着徹底底的反感；在他，凡是產業，商業，有產者底的學問，以及有產者底的藝術，無不嫌憎。他從小市民階級，小官僚階級——他由大地主的感情，最侮蔑這階級——起，直到大肚子的商人，學術中毒的醫學博士，技師，丰姿楚楚的貴婦人，以行政底手段自豪的大臣們止，都一樣地懷着反感。他們是和他所希望的完全的融和的世界，相距很遠的人們。

託爾斯泰的社會否定說，可以說是原始底的；還有，他自己的個性否定說，這在結果上，是帶社會底性質的，但這在他的哲學觀之中，已經講過——到後來，要講到的罷，他的社會否定說，是對於無為徒食者，放肆的資本家，智識階級而放肆的官吏的一種地主底抗議，這位偉大的地主的『老爺』，是在尋求可以過顯辛（註）那樣生活法的理論的。顯辛呢，作爲詩人斐德是做脚韻詩，作爲顯辛，是農奴制主張者。斐德，顯辛和託爾斯泰，都不避忌和站在反動底見地的別的地主老爺們相交游。對於這些地主老爺們，即使怎樣地說教，也是徒勞，而且不能給與一點什麼內底的滿足，是連託爾斯泰自己，也由那偉大的聰明性，自己明白的。關於這內底滿足，在今天的演講上，我還想略略講一講。

註：Shenshin 是一八〇〇年代的有名的詩人斐德(Fet)的本名。一八六〇年的農奴解放反對者。——譯者。

他，讚美農村，同時也認識了農村的兩個極端的對照的存在。這就是地主和農夫。

讚美地主，是無論如何不可能的，因爲這成了讚美寄生蟲——掠奪者。地主是貪着別人的勞力而生活的。一面高揚着地主主義，老爺主義，又怎能講平等主義呢，惟這老爺主義，乃是掠奪底，搾取底的色采濃厚的東西，在託爾斯泰，惟這老爺主義，是他的憎惡的有產階級的主要的標記，根本底的咒詛的對象。然而農夫却和這相反的。農夫對於坐在土堤上，和自己們講閒話的善良忠厚的老爺們，全然很親密；他們懂得老爺們也在一樣地想，年成要好，銀行是重利盤剝的店，是吸血機器；又在道德底的以及經濟底的方面，只要沒有直接接觸到地主和農夫這種階級差別底之處，是也能够大家懂得互相的調和點的。

作爲那理想論，託爾斯泰使之和有產者底的都會相對峙者，是小家族的集合體這農民階級。在這里，各人是和那家族一同，仗着自己的勞力過活，也不欺侮誰，從生到死，種白菜，喫白菜，又種白菜，而盡他直接的義務。

這有益的純農民底生活法，還由了內底光明和內底充實而得豐裕。我們知道，惟有這樣的人，是並不欺侮誰，送平和於這地上，而且同時履行着神的使命，即要表現那平和，愛，和睦的共存生活的偉大眞理的使命的。他將平和實現了，而他的靈魂，是充滿着大安定——就是神的安定——的意識。他已經不畏死，爲什麼呢，因爲在他那里，已經沒有了叫作自己，叫作自己的個性這東西，所以他既非個人主義者，也不是掠奪者。他植物一般過活，而在那完全的偉大的自然的懷抱裏，靜靜地開花。他是生於『萬有神』，而入於『萬有神』的懷裏的。惟有這個，是眞的幸福；惟有這個，是可以稱頌的社會組織。

托爾斯泰描寫烏托邦時，是作爲藝術家而用隱喩的，他用了偉大的那天稟，描寫了將來的革命。這就表現在『獃子伊凡的故事』中。獃子伊凡說，『我無論如何，不願意爭鬥。』雖是別國人侵入了獃子伊凡的國度裏，來征服牠，他們也不想反抗。他們說，『請，打罷，征服罷，將我們常作奴隸罷，我們是不見得反抗的，勝負不是已經完了麼？』

這思想的過於烏託邦底，是誰也立刻知道的。而且在那裏面，藏着什麼內底的，根本底的謬誤，根本底的矛盾，也全然明白。關於這事，大概後來還要講到的。所謂謬誤者，是因爲人類之中，也有貪婪者，也有吝嗇者，所以戒吝嗇的說教和無抵抗主義的說教，爲貪婪的人們，倒反而成了機會很好的說教了。來侵略獃子伊凡的國度的別國人，會非常高興，這樣說的罷——

『好，我要騎在你頸子上叫你當馬，並且搾取你和你的孩子們。』

那個甘地，在印度作反不列顚政府的說教，是非常之好的事情，但他所說的反抗的形式却很拙，他向民衆說，『你們曾經受教，以爲一說到抵抗，便是手裏拿起武器來，然而你們是應該用「忍耐」這一種武器來抵抗的。』於是甘地便解除了印度的『獃子伊凡』的武裝，將他們做成眞的獃子了。甘地的宣傳不買不列顚的綢紗和原料，不列顚政府是憤怒了的，然而時時等着利用甘地的機會，所以不買綢紗和別的一切苦痛，是都含忍着的，因爲這在不列顚政府，倒成了將一切苦痛，轉嫁於印度的『獃子伊凡』之上的好口實。

然而託爾斯泰是沒有想到那無抵抗主義，會造出這樣的結果來的，他相信很好的烏託邦，由此能够實現。

我在這里來講一個明顯的例子罷。

在託爾斯泰，是有內底焦躁和分裂的。因爲他是偉大的藝術家，又非欺瞞自己，妄信別人的話那樣的凡庸的評論家，所以他是知道得太知道了地，知道他作爲未來的理想，所描寫的社會底畫面的內容，是已經過去的事，他在那有名的小說『雞蛋般大的麥子的故事』中，就將這事分明地告白着。

人們發見了雞蛋一般大的一種莫名其妙的東西的故事，諸君是記得的罷。人們都不知道這是什麽，去請老人來，羸弱的跛脚的老人來到了，從他的身上，索索地掉下着泥沙。

問他這是什麽呢。『我不知道，』他囘答說，『但父親還康健，𠯫他來罷，會知道也說不定的。』人們又迎父親去。他是一個開初誰也不相信他是跛脚老人的父親那樣，又壯健又活潑的農夫。他進來了，而且看了，說，『這不知道呀，但問我的父親去試試罷，他是還康健的。』將他的父親𠯫來了。這是很少壯的漢子，無論怎樣看，總是一個青年，要到陰間去，似乎距離還很遠。他將這拿在手裏，看了，於是訥訥地說，『是的，這是麥子，這樣的麥，古時候是有過的。』

『但是，怎麽會有那樣出奇的麥子的呢？』

古時候沒有什麼天文學者。也不弄叫作學問這個玩意兒，可是種田人的日子是過得好的，土地也很肥的。』

託爾斯泰就這樣地暗示着空想底的，這世上未曾存在過的黃金時代，然而這是空想，他自己却分明知道的。託爾斯泰又描寫着一種社會底幻想，以爲獃子伊凡有一天總能夠將那征服者，掠奪者弄得無可奈何。其實，獃子伊凡的神經，是見得好像比征服者的神經還要強韌似的。譬如基督的教訓裏，也有『他們打你左邊的臉，便送過右邊的臉去，打了右臉，又送過左臉去，打了左臉，又送過右臉去』這些話。這樣地打着之間，打者的手就總會痛得發木，並且說的罷——「這畜生，是多麼堅忍的小子呀。全沒有用——」

於是打者的心裏終於發生疑惑，搔着頭皮，說——

『莫非倒是我錯麼？豈不是挨打的小子，倒是有着支配力的麼？要不然。從那里來的那堅忍呢？』

在託爾斯泰，也有和這相似之處。他相信能够仗這樣的無抵抗主義，叫醒使用暴力的人們的良心，用了由忍從的行爲所生的好話，在惡人的心裏，呼起眞的神的萌芽的。

荷拉迪彌爾，梭樂斐雅夫(VIadiljmr Soloviev)——是偉大的神祕哲學者，幾乎是正教信者，從這個關係說起來，和我們是比託爾斯泰距離更遠的右傾底人物——曾和託爾斯泰會見，有過一場劇論。

對於託爾斯泰的主張無論何時何地，都不能容許暴力，他反問道——

『好，假如你看見一個毒打嬰兒的兇人，你怎麼辦呢？』

『去開導他。』這是託爾斯泰的囘答。

『假如開導了也不聽呢？』

『再開導他。』

『那漢子是在你的面前，給嬰兒受着苦的呵。』

『那是，神的意志了。』

這回答，以託爾斯泰而論，是自然的。就因爲無論如何，總不許用暴力。用了由信仰發生的狂熱，宗教底狂熱，以說服人們，也並非不可能的。

憤慨於託爾斯泰的這樣的言說者，也不獨一個梭樂斐雅夫。雪且特林（註）也在有名的故事『鯽的理想主義者和鼠頭魚』中，對託爾斯泰給了出色的諷刺。他將有刺魚類的鼠頭魚，來比精明的現實主義者，用理想主義者的鯽魚，當作總向鼠頭魚講些高尚問題的哲學家。鼠頭魚說——

『戮破你的肥肚子。你的話一來，只是就要作嘔。講這些話，不是無聊麼？現在，瞧罷，梭子魚來找着了我們的港灣，也說不定的呵。』

『所謂梭子魚者，是什麼呢？』鯽魚問。『名目我是知道的，那麼，就是那小子也佩服了我的信仰，到我這裏來了。』

這時候，梭子魚出現了。鯽魚向他問。『喂，梭子君，你可知道眞理是什麼呀？』

梭子魚喫了一驚。呼的吸一口水之際，已將　魚吞掉了。就是這樣的故事。

註：Shchedrin，有名的諷刺作家，描寫農奴制的黑暗面的。Gogol 的直系弟子。一八二六年生，八九年卒——譯者。

這是眞實。是常有的事。以爲能够從平和底宣傳，得到平和的烏託邦的信仰，在事實上，是全然不能信的。

像託爾斯泰那樣偉大的人物，怎麼會不覺到別有根本底的問題的呢？他是想了的，凡是人，都是着神的閃光，善的閃光，而且人們對於這閃光，是應該有能够靈感到牠的能力，作用於牠的能力，惟有這樣，這地上纔能由他和他的門徒們，改造爲平和的世界。他作爲社會改革者，是這樣想着的。從我們看起來，他還不只是社會改良家。他高捧福音書；崇奉孔子，和別的賢哲們，尤其是福音書和基督。他堅信着基督的歷史底人格。

對於絲毫也沒有改良人類的基督和福音書和最初的使徒們，託爾斯泰爲什麼崇奉到這樣的呢，這只好說是古怪。到現在爲止，已經過了大約兩千年的歲月，然而人類呢，借了託爾斯泰自己的話說起來，則依然犯罪，不遜，沈湎於一切罪惡中。所以縱使託爾斯泰再來宣說他的教理兩千年，我們還能期待什麼大事件？比託爾斯泰相信基督的那力量還要強的東西，尙且不可能的事，怎麼能用別的力最，做到地上的改造呢！只要世界存在，社會底不合理也存在，說教者是不絕地接踵而生。重複說些鯉魚的話，但世間對於這，不是置若罔聞，便是將牠『吞掉』，於是只有梭子魚的王國，屹然地繼續着牠的存在了。

五　託爾斯泰的矛盾和謬誤

現在，我還要從別方面，講幾句關於託爾斯泰主義的話。

以上所說的事，假使作為社會理論，而加以說明，那是要變成獃氣的。然而這並非社會理論，不過是想發見自己的精神底平和的渴望，和發見達到這精神底平和的路程，並且對於凡有渴望這精神底平和的一切人們，也加以接引的手段的一種願望罷了。

託爾斯泰不但作為紳士，並且，作為教養最高的紳士，為這充滿骯髒的文化的惡臭所苦，他也為更可怕的惡病——個人主義所苦。託爾斯泰的個性，是最爲分明的，這使他成了偉大的藝術家，而在作爲偉大的藝術家的他那裏，就發見和普通的人，在那外底印象的多少上，在感情經驗的深淺上，都有非常之不同。他是欲望的偉大的人。人生，對於他，是給與非同小可的滿足的。

在託爾斯泰，生活的事，知道寒暑的事，愉悅口鼻的事，觀賞周圍的自然的事，是怎樣地歡快；還有，將那被人採摘，剷掘的植物，由於求生的努力，因而反抗的情形，是怎樣滿足地描寫着的雄辯的例子，我是能夠引出許多來的，但現在且不引牠罷。

求生的欲望，自信之堅強，凡這些，是託爾斯泰的本質底東西。而這身子小小的人，委實也給人以精力的化身一般的印象。能彷彿託爾斯泰的面貌者，大約莫過於戈理基（Maxim Gorki）了。他用了大藝術家的工巧，將和在油畫的『神甫』的老人不同的活的託爾斯泰，那就是情慾炎炎，嘴邊湛着永遠的猥褻，精力底的，帶着一種不便公言的表情，顯着對於思想異己者的憎惡之感，而作勢等着論戰的對手的，滿是矛盾的託爾斯泰，描寫得更無餘剩了。（註）說到託爾斯泰的矛盾，他是曾想怎樣設法矯正自己的矛盾，得了成功的，但這也不過暫時，他的內部便又發生不可收拾的凌亂了。

註：即指『回憶雜記』，有郁達夫譯本，載『奔流』第一卷第七本—重譯者。

然而便是戈理基，對於託爾斯泰的人物描寫，也至於不敢領教了，曾經說過——

『這不是平常人，從那出奇的聰明說起來，從那出格的精神內容的豐富說起來，他乃是幻術師或是什麼。』

如果是無論誰，都要活，不想死的呢，尤其是，如果是將個性作爲第一條件，而生活於自己獨自的世界中的智識階級者，例如藝術家，律師，醫生之類，則便將這生活於獨自性的事，來用作否定自己生存這一定的社會底意義的武器。這樣的智識階級者，便比別人加倍地尊重自己的生，而且恐怖死。他對於不怕死的農民，的野獸，的動物，則投以憐憫的眼光。

有着噴泉一般緊張之極的生活的託爾斯泰，也比常人加倍地愛生而怕死的。對於死的猛烈的恐怖，這在他，是比什麼都要強有力的刺戟。蠱惑底的這生命之流，如果中止了，怎麼辦呢，這在託爾斯泰，是重大的問題。一切逝去，一切遷流，一切消融，並無一種現實的存在——就既是沒有他託爾斯泰，也沒有環繞他的爲他所愛的人們，也沒有自然，覺得好像實有的自然還是流轉，一切在變化，被破壞，而且一切是幻想，是描在煙上的影像——的這恐怖，來侵襲他，又怎麼求平和呢。

『我意識着這事，我自己知道我的身體在消融，生命在從我的指縫之間逃走。能够看見這「現實」在怎樣地奔出飛掉。以後，一切是虛無，是空洞，是無存在。』

這樣的意識，眞不知怎樣地使他懊惱，他的日記中，總常是寫着這件事。他讀西歐的作家亞萊克斯爾的日記——這是只寫着死之恐怖的日記——的時候，曾經說過：

『惟這是眞實的人物，惟這是偉大的問題。能够忘記了死的人，那是廢人，是不能抓住問題的核心的鈍漢，然而可以說是幸福的人。』

在這裏，便是說，對於死以恐怖，無所見無所懼的人們，是不行的；無常的鬼在眼前出現，而坦然不以爲意的人們，是不足與語的。在託爾斯泰，於是就發生了尋求絕對不死之道的必要。然而他從什麼處所尋出那樣的東西來呢？

還有一個智識階級者的那符拉迪彌爾。梭樂斐雅夫，是將這絕對的不死的東西，求之於形而上學之中的。他曾說，『要相信，相信教會所教的東西。你有着不滅的靈魂，於此還有什麼疑，什麼迷呢？』

然而託爾斯泰是太聰明的人。以那偉大的精神力，到達了不死的理想的，而還有一點的不安，他也免不掉。

在他的日記的最後的頁子上，有這樣地寫着的——

『今天，信仰不足，神呵，請幫助我不足的信仰罷。』

『早晨，抱着對於神的堅固的信仰醒來了。感謝一切希望似將達成，神所惠賜的助力。』

但在此後兩天的日記上，是——

『被襲於可怕不疑惑，執迷……』

這樣的心情，大約是繼續到臨終的最後的瞬間的罷。

這樣的疑惑，執迷，是有將這轉換到別的方向去的必要的，於是在這智識階級者，又是地主，又是紳士的他，便做出了征服那個人主義底的東西的大工作，這便是遵從上面所講那樣的路程，而在基督教底理想之中，發見心的安定。他是這樣想着的，『在這世間的一切，是剎那，是流轉，是死亡；然而也有永久底者，生着根者，不流轉者，常不變者。如果能够發見了這樣的東西，就應該將全身裝進那裏去，將全身委之於這永久底者，不流轉者，常不變者，便發見了得救。發見這樣的永久底東西，就是在自身中發見不滅。應該探求這樣的東西。正教教會所教的信仰，是承認不得的，這是流轉的，消滅的，傳染了一切虛僞的信仰。』

諸君也都知道，託爾斯泰是教會和一切教會底儀式的徹底底的反對者。他用了那小小的帶綠色的眼睛，冷嘲地觀察一切事物。他到劇場去看華格納爾

（Wagner），寫下了那印象，但那些一切，不過使他覺得於他自己是獃氣的事情——

『我怎麼竟去看這樣無聊的東西，怎麼竟以爲這是藝術？這都是著色的硬紙板做的。大張着嘴，唱些無聊的事的那優伶們，那都是傀儡，做孩子的玩具，是可以的罷，然而孩子還會厭倦。用鋸子截樹似的那梵亞琳的聲音。這都是昏話。』

有着各種芳香的藝術，他也用了這樣的描寫，將牠弄得稀爛。

便是對於裁判，他也用一樣的看法的。人在裁判人對，於從極複雜的個人底的劇中所發生，或是從社會底自然的法則所發生的行爲，人在奪人的生命。裁判官，他們是可憐的官兒，或則和別的官兒講空話，或則打飽嗝，或則嗚太太的不平，或則剔牙齒，而一面在裁判人——這樣的一切事物的顚序，都由託爾斯泰如實地，深刻地描寫着。

關於教會的他的看法，也一樣的。教士們穿着有一時代畢山丁王的臣下所穿的常禮服那樣的花衣，做着毫無用處的姿勢。這是很古的時候所裝的姿勢的變形。一切都陳腐，愚蠢。人們不能簡單地觀察事物，至今還以為在教會裏有意義，有一種詩。

這樣地觀察着事物，託爾斯泰便破壞着在他周圍的一切的東西。凡在他周圍的，都打得稀爛。君主政體，愛國心，裁判，科學，藝術——全都破壞了。這宛如在『浮士德』(Faust)的舞臺面上，妖精合唱道：『偉大者呀，你粉碎了宇宙的全圖，恰如玻璃一樣』那樣子。為探求永久不變的真理起見，託爾斯泰對於竭力要來蠱惑自己的一切東西，用了正確的瞄準和嚴冷的憎惡，加以突擊事的，也可以唱那和『浮士德』的舞臺上一樣的歌的罷。

然而，究竟，這永久不變的眞理，是在那裏呢？對於自己本身的個人底觀察和社會和觀察，敎給了他，就是，爲了滿足自己的慾情，而和別人鬬爭，在最廣的字義上的這鬬爭，便是惡的主要，使人永遠苦惱，失掉他的平衡，而且於他的內部，給以苦痛的，便是這個，云。

托爾斯泰的到達了這結論，是不足爲奇的，這是普通的事，佛陀也到達了這結論的。是一樣的貴族，而異質的世界的人的他，也照樣地觀察了社會組織的全苦惱。將爲了自己的利己底的目的的鬬爭停止，還不能藉此從這苦惱逃出麼？這麼一做，平和和安靜，便都可以得到了。情慾，是不給人以平和和安靜的：就是這樣的意思。

人生能够並無情慾的麼？能够的。但於此有一個必要的條件。那條件，便是無論如何，要完全離開對於外面底的幸福的一切的愛執，並且將外面底幸福和牠的堆積，不再看重，而代以對於隣人的愛。然而這愛，在託爾斯泰是並不大的。我們不能說他熱烈地愛了隣人，將他們崇重。當那生涯的最後之際，他說着。本來不應當教誨人的，不能什麼路都好。應該救助靈魂，應該反省自己。然而在那生涯的盛年時候，他說過，不將愛來替換對於人們的敵意，是不行的，應該以侮辱別人的事爲羞恥，爲罪惡。拋掉罷，離開罷，這裏就有對於人們的愛。無論爲了怎樣的幸福，也不要和你的兄弟——別人衝突罷，因爲那些一切的幸福，只是架空的東西。這樣一來，人們便將不被瞬間底的一切東西所害，在那裏面，養出一種平安的生活來。

託爾斯泰竭力要在自己裏面，發見這樣的平安的生活的時候，他自己就看作那生活，覺得總也漸近了那平安，而且在最好的瞬間，是這樣地實在發見了眞實的安靜。

在這里，是有一種深的眞理的。現在的人們，正苦於一切生活上的不安和動搖，那自然是不消說。倘若他能够自己隨意將催眠術加於自己，拂下了一切的不安和動搖，那麼，暫時之間，內部也實在會有澄明的靜寂的罷。這靜寂，託爾斯泰是看得非常之重的。並且他仗着將一種暴力，加於自己之上——他告白着這事情——而在那靜寂中之所覺到者，便是眞的實在，人生的實體，神聖的生活，乃至『在神明裏面的生活』了。

人們藉了愛，藉了和一切周圍的東西結約平和，而作爲代價，所贏得的這內底安靜，便忽然充滿了生存的光。這充滿的是毫無惡意，而且毫不向着外面底的目的而進行的實在的光。託爾斯泰的社會底理想，就是基督教底的理想，關於這一節，正如他自己也曾說過，是各人大家决不欺侮誰，也不尋求富貴，除了延續自己的生存的事以外，一無所求，而靠了自己的手的勞動，生活下去。託爾斯泰是這樣地，揚言着人生是協和底的。他——農夫——知道神，爲什麼呢，因爲神也知道他的緣故。這被理想化了的農夫，必須是仗自己的手養活自己。沒有惡意的，平和的鄰人。

和盧梭，嘉勒爾，老子、佛陀，以及別的在各個國度，各種時代，將文化底過程的相似的時期，由本身表示出來的許多思想家的思想，連在同一系列的託爾斯泰，然而隨意用俄國色彩塗糟了的思想圈，就這樣地告了終結。自從發見了這眞理以來，託爾斯泰便開始說教了。就是這樣，我們暫且按下關於託爾斯泰的說明罷。

六 託爾斯泰主義和馬克斯主義的關係

那麼，馬克斯主義云者，那本身是表示着什麼的呢？

馬克斯主義是無產階級所固有的學說。這是適合於無產階級的階級底利益，然而正因爲這樣，所以是完全客觀底地，描出着現實的學說。這里是有立刻來敍述這學說，和那在相反的位置上的世界——託爾斯泰的世界——有着怎樣關係的必要的。這學說，是十分地容納文明的，也容納科學，也容納藝術，而且連財富，連富的蓄積——資本主義，也十分地容納。馬克斯主義是都會的所產，不是農村的所產。那是着前面，不看後面的，和託爾斯泰，在有一點上——在對於有產階級的如火的憎惡這一點上——是相交會的。這就因爲有產階級做完了自己可做的事，已經成了有害的存在的緣故。由都會的機制而生的一切矛盾，和在託爾斯泰主義者一樣，在馬克斯主義者也同樣他來解釋。從這些內在底矛盾而生的，便是各要素間的鬪爭。這鬪爭，固然是引向將來對於舊世界的勝利的契機，然而這並非由于科學，藝術，文明，都會工業等等的拋棄

——倒轉而被實現的，乃是由於這些事物之在那路上的將來的發展而被實現。這將來的發展，在牠後面引出來的，是農民階級和小有產者的破產，疲憊，還有是人類社會中階級之最後者的，那一切所有都被剝奪了的無產階級的發生。

然而，這最後的階級，是據着將那作為進步的言語的科學，加以具體化了的機械而勞作着的。在開始獲得對於自然得到眞的勝利的巨大的勞動機關的助力之下，而勞作着的。而且，是對於世界市場，作為龐大的集團而勞作着的。而這事，即所以給一切全世界的無產階級團結造成一個素地。而又惟這團結，纔怎够將科學和實用技術，以及文明的全連鎖，從利用這些於貪婪的目的，自己的利慾上的諸階級之手拉開，移到全人類的機關去。那時候，在那機關裏武裝了的我們，總便能够征服自然了罷。而且也能够消費了比較底僅少的勞力，而獲得充足我們的慾求所必要的一切東西了罷。待到這些直接底的生存上的慾求，在各人各是共通的生產財物的所有者這一種平等者的世界的最高階段上，得到充足的時候，那麼，我們便要建設起大家都不帶鬭爭的原因的，而且在已經組織了的生產歷程上，出色的各式各樣地開出花來的，自由人的文明來了罷。這樣的是馬克斯主義的世界觀。

託爾斯泰主義所能說的最初的抗議，是這樣的。就是：你們這樣地非難萊夫。尼古拉微支（託爾斯泰）者，因爲沒有懂得『福音書』以來，雖然已經經過了許多的歲月，而人們縱有一切說教，也不能改造到較好的方向去的緣故。然而你們呢？雖是你們，大概也該知道要以暴力來創造人類的幸福這一種革命底企圖，在先前是很少的。在多數者，能够用了武裝的手，將文明從少數者的手裏拉開，而創造全新的，人類歷史上所未曾有的時代的事，你們爲什麼還期待着的呢？

這抗議，是不合理的。何以是不合理，何以是死着的呢？就因爲在十九——二十世紀那般的科學的開花，在人類的歷史上未曾有過的緣故。加以這樣的工場產業，這樣的交通路線，都未曾有過，而且在現今的形態上那樣的資本主義，也未曾存在過的緣故。人類，並非單純地生長的，那是從幼稚的狀態，轉移到成熟的狀態去，逐漸生長起來的。在這里，有高揚和低落的一定的波。有文明的發展和崩壞的波。然而我們將人類的過去的行程，歷史底地加以檢討的時候。我們却看見在科學和產業之點，人類是愈進愈前，終於到達了未曾站過的頂點。

大概，如果假定爲在別的一切時代，社會主義已經得勝，如果這樣的奇蹟，已經成就，貧民分割了那時的生產機關，分割了富人的財產，那麽，世界因此，說起來，大概就更其窮困了。然而現在呢，我們能夠說：仗着現在的生產機關的正當的使用，卽能得爲萬人所必要的財物：而且因爲人類富裕着，所以要從自然獲得必需的食物和別的惠澤的問題，到這時纔得解決。人類至今並不富裕者，不過是因爲在我們眼前發展得這麼迅速的現存的科學和現存的技術，都用到使個個的資本家致富的營利底的目標裏面去了的緣故；使用在個個的托辣斯和國家資本等類之間的競爭的集中的裏面去了的緣故。於是這抗議，就消滅了。

那時候，還要提出一種抗議來。就算你們由這路徑，能够收拾掉口腹的問題罷。然而你們是單存在於這世間，最爲粗糙的唯物論者。在你們以爲有興味的，只是大家果腹的事。而這也是你們的最高的理想。但我們是要發見安靜的，要在自己裏面發見神明的。在你們。這樣的事，是一無所有，只有肚飽而已，云云。

我們就回答，這樣的事，是從那裏也不會發生的罷。從各人無不願意每天能有東西喫的事情，不會弄出他只爲了喫而生活着的結論來，倒是相反，他爲了勞動，思索，享樂生命，所以他非喫不可。人類並非爲喫有生活，但沒有食物，是養不下去的。

一般社會的衣食住的這問題，決定生活的根本條件的這問題，其重要是在最高的程度上的。而託爾斯泰主義者們對於這事，也並未否定。爲什麽呢，因爲我們知道在他們的理想中，也有於本身之上，發見着靠自己的手的勞力，還能敷衍的生存的人。我們也並不以爲這些物質底幸福之中，會獨自含有本能底目的。所以我們說，待這些問題被解決，不見踪影的時候，而且經濟底秩序，當然有了牠應有的狀態的時候，惟那時候，而人類的最高欲求——在智識，在創造力，在對於別人的愛的欲求，以及依據理論底智識，並且在事實上的自然的征服，纔是向着第一的計畫，跨了出去的時候罷。

對於這話，又有這樣的抗議。你們未嘗給與問題的眞解決。你們爲什麽以爲經濟問題的社會主義底解決，一定將人們引向人類社會的調和去的呢？爲什麽人們從那時起，便變好了呢？

對於這事，我們也還是全然合理底地，這樣地囘答。我們也和你們一樣，不相信人類是生成的性惡的。假使我們相信，那麽，我們便以爲所謂『善』者，是用了種種可怕的鞭子，來整頓人們的事了罷。我們要以爲與其將人類託付教師，加以教育，倒不如將他作爲狂暴的生物，繫上鎖鍊，交給那用燒得通紅的鐵，燒盡他的罪惡的劊子手之爲必要了罷。但我們是相信人類裏面，有『神的閃光』（託爾斯泰主義的諸君呀，爲什麽是神的閃光呢？）的。總而言之，是相信人類倘若那欲求得到滿足，便顯示着並無咒詛別的存在之必要的，有活氣的存在的。

在人類，人類是必要的。當除去了懷挾敵意的原因的時候，人之於人，是很好的東西。作爲好友，作爲同事，作爲那愛的對象，作爲那孩子等等。在內面底的家族關係上，如果只是家族，更沒有不和的外部底原因，那麼，你們就會遇到那有崇高之名的友愛這東西的罷。

將人類的生活，設想爲兄弟關係，或是有兄弟姉妹的一家族，爲什麼是不對的呢？

是的，只因爲有私有財產和競爭存在的緣故。抛下骨頭去，因此人們互相咬起來。然而骨頭不够，如果不咬，就只好落伍！於是在這鬭爭裏，生出巨萬的財產來。得了這個的人，就恐怕失掉。爲支持自己所佔的地位起見，只好步步向上走。那結果，我們所看見的，是全般底的富的蓄積，這是私有財產的掠奪世界所造就的。這事情一停止，則對於你們所稱為神的閃光，而我們作為活的東西，稱為人類的自然的性質的東西，卽毫無什麼障害。人類就會結最好的果子了。

不獨此也，社會主義底組織，不但表現那敵視底競爭的必然性的消滅而已，也表現共同勞動的巨大的組織。各個人的勞動，使一切人富裕，一切人的勞動，也使各個人富裕。這是因為經濟底連帶，而造成鞏固的基礎的。而這連帶，又毫沒有非怎樣設法來破掉不可的危險性。

託爾斯泰主義者們還有下文那樣的抗議。那麼，好罷，然而你們在想潑血，想將血來潑別人。暫且認這為正當的罷，也且認社會主義是創造新的條件的罷。而且又承認由社會主義將工業從資本家的手裏拉下，移作全人類的機關，在這基礎上，能夠創造一般社會的十足的福祉的罷。那時候，人們也可以營那調和了的生活了罷。然而呵．我所要說的，是得到這個，須用怎樣的犧牲？就是近年的事。當國內戰爭和實施赤色恐怖政策的時候，託爾斯泰主義者們便拿了那平和主義，在住居國內的智識階級之間大搗其亂。他們說，那里有社會主義呢？那里有一般社會的福祉呢？你們得到了什麼？生活可好起來呀？居民是這樣地回答，『反而壞了，壞到百倍了，只有即刻就要好起來的約束，實際上却很壞，我們浸在血裏直到喉嚨了。』只要履行了這些約束，則爲收受一種共產主義底的現實起見，就有施行這些一切可怕的罪惡，這一切的同胞殺戮的必要麼？居民便異口同音地叫起來，『沒有的，無論如何，沒有這必要的。』然而倘若這不是赤色恐怖政策，而是白色的，則即使居民的大半並不這樣說，一定從別一面也還是採用了暴力的手段。而況這大半，除了表明着階級底敵之外，是毫沒有什麼的。但在這里，我們所說的，是對於從衷心確信着能夠穩當地，平和地，合宜地解決這問題的中間派的人們。

對於這個，可以有兩種的反駁。第一，是社會生活的諸問題，並不由於各人的意志，那是有着各有其本身的法則的歷史底歷程的。所以這和託爾斯泰或馬克斯的是否願意如此，並沒有關係。然而，一到人類的下積——被輕賤，被侮辱，被蹂躪的下積，蹶然而起的時候，在他們的意識中，發生了『我們是在能夠扼住那壓搾我們的東西的地位上』這一個念頭，而且強大了的時候，那時候，他們便不來傾聽平和論者了，徑去抓住壓搾者的咽喉，並且開始沸騰着可怕的敵意。那時候，就起了問題——為保持自己的衣服的乾淨，避開鬬爭呢，還是願意領悟，在未知誰勝的那鬬爭之際，即使不過充當後衛，只要是多餘者，也還是可以抵當老練者的分量呢，這問題，便起來了。

符拉迪彌爾，梭樂斐雅夫曾將倘有人虐待孩子，對此將取怎樣的態度的事，質問過託爾斯泰。但我們是這樣地說的。如果人類爲了要將包含着現在的幾億萬人和將來的幾世紀的人類自己，從託爾斯泰主義諸君也在攻擊的那不正的世界的恐怖中拖出，而起身去赴最後的戰爭，又怎麼能不去與聞其事呢？怎麼能看見戰鬪一開，便慌忙起來說些『不要鬪了，爲什麼鬪的？』之類的話呢？這是除了枉然的言語的虛耗和使自己屈服於歷史的效驗之外，再也沒有什麼了罷。

但姑且假定爲事情都能照我們的心而改換的罷。而且問題的進行，是順着全依我們的意志的歷史底歷程的罷。這時候，在人類，也只剩了一兩個方法了，就是，仍舊無休無息地，身受着人類在這些下面漸就滅亡的貧乏，疾病，罪惡，無智的不變的無限的重壓，而用了先前的步調。在歷史的圓圈裏爬來爬去呢，還是將生活圈破壞，簡直從這裏面跳了出來呢？卽使爲了採用後者的方法，而不得不付高價的血的犧牲，我們大概也還是選取第二法的。不能在犧牲之前停留，是常有的事。

但在託爾斯泰主義者，在這一端，是顯得多麼溫良呵！他們是多麼尊重個個的人物，個個的生活呵！他們是多麼用了從實生活遊離了的他們自已的一切言語，來議論現世，而忘却着他們自己的言語呵！

應該記得，在人類，是有英勇主義（Heroism）的傾向的，而這個，恐怕乃是在人的裏面的最爲神聖的東西。在人，有將自己並不看作本然底目的，也不看作生存的最後的連銷的傾向；也有以爲具有將自己的愛的中心，發揮於偉大的現在正在建設的事業上的能力，將自己看作建設者，看作那建設的礎石，看作進向未來的組織的洪流，波動的一分子的傾向。知道了這事，以下的事大概也就明白了，如果社會的外科療法底歷程以外，這一意志對於別一意志的衝突以外，爲我們的神聖的革命戰線，不被後衞的傳染性所破壞的後衞的外科底消毒以外，再沒有怎樣的歷程，再沒有怎樣的出口，那麼，我們就意識着自己的正當，來背十字架的罷。

對別人給以死的宣告者，而自己呢，却並無爲偉大的事業而死的覺悟。那麼，這是很可憎厭的人。但是，知道着人類是經過了委一切於運命之手那樣的危機者，也知道這一失敗，後世無數的時代人將只能徘徊於奴隸底的道德，而勝利之際，便闊步於從經濟底鐵鎖解放出來的人類的路了。但我們是做不成這樣的被解放的人類的。因此我們並不將自己估價到這樣高，然而藉了我們的苦惱和我們的鬬爭，而能成爲這樣的人者，是我們的子孫，於是我們就要毫不遲疑，選取戰鬬和勝利了。

在這里，卽有我們的中心底的意見的不同，並且有着那理據。兩個的世界觀，是在這一點上衝突着的。在現代的德國，智識階級已經遇到了大大的內面底動搖。他們憎惡着將戰爭和破壞給與了他們的有產階級。他們尋求着非有產階級底的路。而他們在最好的部分上，分裂爲兩條水路了。其一，是向着共產主義的方向的。並且竭力想結成無產階級的左翼團體，得大衆的注目和同情，以振起革命。即使這在十年乃至十五年之間，難於著著見效，即使這是困難的事，而他們還是向着現在的世界，向着人類生活的合理底組織突進，不但用眼去看那在地上的人類的正當的經濟組織而已，還想用手去觸動。而且正在努力，要將那擱在路上，只爲利慾的目的，不使人類大衆走到合理底生活去的東西，打得粉碎。

別一邊的人們說——我們已經爲戰爭所苦了……却還要有一回流血的慘案麼？……但能否得到勝利呢？研竟有這必要麼？從內面底的路宣言反對，探求聖者之道，以冀和別世界相融合，豈不倒是好得多麼？我們是有着從無常之門，或從忘我之道，可以到達的別的世界的。他說着恰如唯理論者似的話。因爲對於不談彼岸的世界這一種輕信，未曾告發，所以託爾斯泰占着那中央位置的和神秘主義的游戲，便從這里開頭……在自己裏面發見神，而離開戰爭罷！使人子中有平和罷，別的人們便會自來加入的。

我們遭遇了不能不爲各個人，各十人鬥爭之際，要緊的事，是他們（一般人）怎樣地明示着自己的立場。有些人是到世界的法西主義（Facism）的陣容去，別的人則到少數主義去。這些一切，是正面的敵。終三種的人們，則跑到我們的陣容這邊來。然而還有既不向右，也不向左，不冷，也不熱，不黑，也不紅，只在這人生中，留作無用的東西，並不探求非歷史底的路而後退，但也不向前，却走向側面，走向空虛裏去了那樣的人們。我們呢，首先，是覺得他們可憐。是個人底地可憐。因爲在他們的空想底的自己滿足之中，我們看見了欺瞞和幻影的自己滿足的緣故。第二，是從社會建設的見地，將他們看作失掉的力，以爲可惜。第三，是我們的義務，在於竭力拉得多數的幇手。所以我們應該從他們的眼睛上，揭掉覆蓋，勉力使他們對於現在的現實所要求着的事物，張開眼睛來。

要做託爾斯泰主義者，那恐怕是容易的事罷。我調查過他們的許多人，但我並沒有從他們裏面發見特別的禁慾主義者。一到實在非拒絕兵役的義務不可的時候，那可就起了悽慘的衝突了。話雖如此，他們託爾斯泰主義者們，却從來決沒有到達過認眞地來震撼這掠奪底社會組織那樣的集團底的意志表示。他們大抵避着正面衝突——我是託爾斯泰主義者呀。說出來的話，是極多的好句子。然而歸根結蒂，在生活構成的理想上，是極度的凡俗主義。

我曾在瑞士遇見過一個非常出色的託爾斯泰主義者。（註）據他的意思，他是完全地過着聖潔的生活的。我曾想從最普通的農民的生活裏，提出那生活來，但是沒有弄得好。大大的菜園，許多的白菜，天天新鮮的白菜湯，不變的菜園的鋤掘，關於救助靈魂的會話——此後所得到的，然而是嫌厭之情。爲什麼呢，因爲這是枉然的水的亂打的緣故。但是他那里，恰如奔赴偉大的教師那里去的那樣，聚集去各樣的人們。於是喫白菜，喝牛奶，而傾聽他的菜氣，牛奶氣的議論。

註：大約是指羅曼羅蘭——重譯者。

總之，這是容易的事。因爲在實際上，這就是平和，就是腐敗。然而直闖進去，投身於社會底鬬爭的正中央的事，無休無息地爲正尋求偉大的行爲和犧牲的歷史的銅似的聲音所刺戟，而苦於那鬬爭的矛盾的事，那在精神底崇高之度，較之這一切的反芻動物底的事件，是高到無限的。

當今天講完了兩個世界觀的矛盾的概略之際，我說一個基督教底的，辛辣的故事罷。那是主帶着尼古拉。米烈啟斯基和聖凱襄，在地上走的故事。他們遇見了陷在泥沼裏的農夫的車。主說，應該幇農夫去。然而穿着燦爛的天衣的凱襄說，『主呵，我不下沼裏去，怎樣好做那汚了自己的法衣的事呢。』一面尼古拉却走下沼裏，費了許多力，抓着輪子，將車拖出來了。他走上來，遍身是泥汚。然而那泥，却變了帶着一種說不出的光明的輝煌的光。燦然的珠玉，裝飾了他的衣服。於是主對尼古拉說，『因爲你爲了幇助鄰人，不怕進汚穢裏去，一年不妨休息到兩回，但凱襄却四年只一回。』

正如這尼古拉。米烈啟斯基（註）一樣，託爾斯泰主義者們也太要保自己的純潔，而因爲這樣，所以不能做眞的愛的事業。那事業，不過是作爲單在言語上的東西，遺留着。有時候，一面傾耳於我們那樣的大雷雨時代，他託爾斯泰主義者們，一面却從人生所要求的巨大的要求退走，嚷着壞話，逃掉了。

註：這里應該是凱褻、但不知道是原文誤、還是譯本誤的——重譯者。

我們所希望的，是不要將那在各處抽着新的萌芽的偉大的託爾斯泰之中，有着那道德底論證，有着那藝術底根據，而到現在呢，那稍稍有力的立場，要和無產階級來結合了的智識階級，在中塗拖住。在無產階級，智識階級是必要的。在最初的時期，那必要的程度，恐怕要到沒有他們，無產階級便不能簡單地走進新的共產主義底組織體的裏面去。

參與這共產主義底建設的我們，從今以後，也將和一切別的偏見一同，和那表面很出色，而實有害於世的託爾斯泰主義者所懷的偏見，鬬爭下去的罷。

今日的藝術與明日的藝術

社會主義的理論家或用想像，或用科學底地多少有些根據的憶測，以論關於人類的社會主義底將來的時候，他們都一樣地下文似的歸納起來。就是：在將來的社會裏，盡最本質底的職掌者，是藝術。

他們裏面，也有這樣地非難的人——社會主義底制度，在轉換期的政治底領域上，豫料起來，是無產階級和貧民階級的執政，就是，曾被支配階級從文化擯開了的結果，那本質上文化底地低落着的階級的執政。所以這制度，言其意思，便是在文化底方面，是應付精神的最微妙而且高尙的要求的社會底和國家底生活機關的衰頹和破壞。但是，對於這非難，無產階級的代表者們是決然地否認着的。

自然，社會主義的這類理論家和豫言者們，其於無產階級的藝術和舊支配階級的藝術之間，有着著大的深淵，否則，至少也有境界線存在，是片時也未曾否定的。他們的幾乎大部分的人們，是對於非文化和不關心於文化，發着非難之聲。然而和這一同，他們也同時承認着關於「單一的人類底藝術」的廢話。就是我，也並不歡喜說「單一的人類底藝術」，是不存在的，然而假使有誰，說些關於人類的單一底言語的事，那麼，可以說，這人是也對也不對。有人類的言語構成的同一性或共通性存在，固然不消說得，但這既不妨害中國語和法國語的存在，就也不會使十二世紀的時世語和現世紀的時世語的存在，至於不可能。藝術也是，作爲社會生物學底現象，是全然一樣的。就是，人類之能成爲藝術家，以及在人間，普遍底地有藝術存在的事，毫沒有否定了藝術和時代的推移一同，曾經遭過大大的變化，也沒有否定了藝術在各社會各民族中，被鑄造爲特種的樣式。

假使我們將有着多少距離的民族相互之間的種種社會底風習，比較起來看，大約便會確信藝術的不同一的理由的罷。況且社會主義底社會，在社會底秩序上，和有產者底社會，是頗極兩樣的。社會主義底社會，有時能够於由政治底變革手段，在不滿一天之內，從資本主義裏發生。然而有產者底社會和社會主義底社會的內部底本質，却非常互相差異。那結果，這兩社會的藝術，在許多之點，是不一樣的。但是，觀念形態底樣式，却常帶着或一程度的遲緩，所以政治的變革，在觀念形態底領域上也不能顯示電光底變革，正是當然的事。

藝術旣然一面進着或一定的軌道，有着或一定的習慣，無論故意或不得已，總之是努力於適合於或一定的趣味，而一面要顧到一定的市場，則僅在二十四小時，或一星期，或一個月之中，縱使對於職業藝術家的社會的要求已經激變，要藝術立刻自己意識到這事，原也極不容易的。

但是，假如他們覺意識了這事了，則和那意識一同起來的，是什麼呢？那應該是碰着了稀有的大事變的時候，藝術家在他迄今成爲習慣了的那樣式上，已經不能照先前一樣地來活動的那一種深刻的哀愁，失意。由這意思，在有產者治下的經濟生活關係上而頗是病底的藝術世界的或一部分之間，革命底變革便不得不算是壞事了。蓋在有產者社會裏的藝術家，並非能夠自由地活動的個人，他是自己的作品的販賣者。就是，在有產者社會裏的各藝術家，是以商人底關係而顯現的，他，是藝術家，是詩人，是精神底貴重品的創作者，而同時也不得不如「靈感是不能賣的，但是那文章卻能賣」的諺語一樣地，兌換精神底貴重品。

可恨，這貴重品，不但能賣而已，且也非賣不可。因爲無須賣那文章和繪畫，十足地有着遺產的藝術家，是極少有的。

如果藝術家所發賣自己的商品（嗚呼！）的市場，實質底地變化了，則這在藝術家，是劇烈的大打擊。因爲新市場要求着怎樣的東西，那所要求的東西自己能否供給。以及一般底地是否還要這商品，他都不知道。

這，是將本問題，從純經濟底見地，來論究了的。

然而，即使我們將對於藝術作品的觀察，從在我們關涉藝術的人較爲親近的見地——文化底見地，觀察起來，我們也將發見和從經濟底見地來論究者相同的病底事實。因爲在文化底關係上，定貨和出貨，也是存在的。假如這里偶然有一個在精神底關係上，確信只將自以爲最神聖的東西，注入那作品裏去的藝術家罷。可是這藝術家，一定要發見自己的作品對於周圍並不起什麼反響，以及周圍的人們在將他當作外國人看。這樣的時候，誰不對呢，非查察了實際之後，是什麼也不能說的。或者是因爲那藝術家老朽了，越過了他的民衆。便將他當作敗殘者，剩在不知道那里的後方，也說不定。或者正相反，因爲藝術家是天才底的，所以超越了那時代，也不可知。無論那一面，總之倘不是成爲離了本流的支流，終於消在沙裏似的怪物，便將成爲殉道者一樣，超越世論，爲現代人所不能理解的畸人。如果是後者，則那作品，一定要作爲人類的藝術中最貴重的眞珠，爲後世所讚賞。

我們能够下面那樣地確言。就是：擁有巨貲，支配社會，而且構成着社會的精神生活的大部分的一切階級，一遇急激的轉換期，則衰頹下去，破滅下去，死滅下去，而代之而興者，則是並無既成底形式，或者雖然有，但所有的却是和曾經得勢的既成階級的形式極端相反的形式的新階級，來著手於最初的計畫。在這樣的條件之下，則藝術界不得不混亂，還有個人底地，不得不遭遇那引起道德底和肉體底地直接的滅亡的激烈的暴風雨，也說不定的。

藝術家從這一點觀察起來，將這社會主羣底變革，加以大的評價到怎樣程度呢，他們對於這變革，是和那評價作反比例，不得不敵意漸深的罷。而且他們雖然明知道資本主義底制度的不公平，却又不得不這樣說的罷，曰，「一切都照先前，那就好了。我們並不說舊的東西好，然而倘要改革，則並不遭遇急激的痙攣和損傷地，也不鶻突地，和較爲文化底的，較有教養的，較有準備的大衆——於我們的社會並非無關係的大衆，一同逐漸改革起來，那豈不好呵！」

然而這種的心情，是可以和大瑪拉忒（Jean Paul Marat）曾對藝術家們說過的話，『凡有這些的人們，是富人的家丁，意識底地或無意識底地，正直地或不正直地，從未將什麼色彩顯在表面上。他們恰如靠了富人的食桌的餘瀝，生活下來的家丁一般，歎着這富人的破滅』的宣告，比照着看的。而且這，不但在革命無產階級的眼裏見得如此而已，即在客觀的社會學者，也容易發生同感。

這樣的世間的藝術家們所示的一切這些的現象，是胡亂的東西，非常膚淺的東西，病底地浮出的東西，和藝術本身，毫不帶什麼同一性或共通點。所以，本質底地，在藝術家中的藝術家，如那作品販賣問題者，是不演什麼決定底的作用的。假如演了呢，那是變態底的事，是不幸的事。那是恥辱。藝術家應該從這見地，以顧全自己的創作力。在那內部精神裏，他應該首先省察那創作力，不使和燒牛肉的問題有什麼依屬的關係。

非物質底的，換了話來說，則是精神底的囑託和提言之存在，是不消說得的，但藝術家，則以無論何時何地，絕不從屬於何人爲必要。而且無論怎樣的程度，也沒有依從任何希望條件的必要。有時候，他也和或一宮殿的描寫，或是或人的紀念像的建立的囑託者相商量罷。然而這不過是外部底的事，以什麼爲基調，應當將他的『精神』的什麼部分加以物質化，都完全是屬於他的事，在這點上，他應該保有最大限度的自由。凡藝術家，無論怎樣，總非從外部方面，全然成爲自由不可。

新的社會主義底制度，將這自由送給藝術家，是實在的麼？現在，我不願意用了薔薇色，來描寫那是實在的事。我們正遭遇着病底的過渡期，反革命戰，饑餓和經濟底破壞的時期。然而，如後者，在最近時，這纔爲勝利的太陽所照映。（註）我們要講關於新社會的正規的活動，那不消說，是太早了。到講這社會誕生的苦辛的經歷的時候，也還要有相當的日子罷。但無論如何，豫料社會主義底社會的正規底活動，將給藝術以最大限度的自由，是難以否定的。

註二：在那時，是尙早的樂觀主義了——一九二三年備考。

社會主義是在努力，要使爲社會的貴重的一切勞動者，尤其是給與創作底貴重品的勞動者，站在市場如何變動，總不受什麼影響的地位。社會主義是在從經濟底方面和精神底方面，研究個個的各人——雖然剛開手——將這作爲一定的價值，並且看作一定的社會底職能。對於那後者，則應該給以能成人類的舌頭，眼睛，耳朶的營養的一定的滋養分。因爲惟有這樣，這纔能够使各人的天禀和素質，爲了全人類的巨大的精神底到達，自由地活動，伸長起來。

將這具體化了來說，便是應該意識到自己是藝術家，並且使任意構成着的藝術家團體所認爲同人的一切人們，獲得全不必顧慮關於物貨底生存，而能够注全力於自己的創作的確實的生存權。爲要實現這事，我們還應該絕不躊躇地邁進。

應着我們所獲得的力的分量，我們應該將正在用功的青年，畢業於學校而入出實社會的人們，藝術家，熟練的技術者，巨匠等，換在社會的保障的位置上，並且應該像對着停在樹上的小鳥，說道『不要愁明天那天之類，儘你身體的本領來唱罷！』一樣，也說給他們。

這是由我們的社會主義底計畫，必然底地起來的問題。我們將這問題愈是較多地實現下去，我們的勝利就愈充足，藝術家對於市場和囑託者的勝利就愈確實，從人類的心靈裏，也愈加自由地湧出藝術底源泉的罷。

但是，單單的自由，是不够的，自由云者，是在最高程度的消極底的或物，更加精確地說，便是在自己之中，不帶積極底的東西的或物。尼采說，『你雖說自由，自由，但是，兄弟呀！是怎樣的自由呢？』這完全是眞的。我，可以說是自由的。我的手足沒有被束縛，我向左向右都能走，可以立功，也可以受侮。說而不能因爲這樣，便歸納爲這自由是積極底的東西，因爲解放精神病者或有犯罪底傾向的人——也許倒有些是積極底現象的緣故。

新的社會和社會主義制度，不但將藝術家解放而已。還給他一定的刺戟。藝術家應當自由，我所說的意思，並非說在這話的形而上學底意義上。他應當自由。卽使我們用純物理學底意義，說或人是自由的，也不能從這話，便立刻歸納爲他能飛，或者便於用四脚走。我們運動身體的方法，關係於生來的身體構造的如何，人類是自由的——這意思，並非說他能够有四耳四目。人的實體，爲人類的全過去所構成，我們所名之爲容貌者，連細微之點，也爲過去所決定。人類不但肉體，連心理也受遺傳，所以無論誰，都不是自己本身的精神的原因者。我們是由遺傳而得精神的，那時候，得來的或是『白紙』，或是容易擦掉的線，否則便是刻了十分深刻的線的『紙』。無論所得的是什麼，就在這精神上面，再逐漸疊上外來的新印象，自己的綠青，即自己的經驗去，

那麼，個性是怎樣地被構成的呢？那是，將在自己生存着的社會裏所受的各種的印象，以及由遺傳而生得的傾向和萌芽，蓄積在特種的綜合之中而成就的。

社會主義底社會，對於藝術家，能够無限量地給與他較之他向來生存着的舊社會，更加巨大的內底生活的內容。

關於新社會之有廣博的，紀念碑底的，原素底的，永久底的，雄大的性質，在這裏是什麼異樣也不會有的。

像在我國這樣的現象，在德國也一樣地存在，在德國，當幾乎每兩村之間，有着分隔別村的稅關的界壁的那時候，爲了這，『關稅同盟』是必要的，但到後來，帝國主義底中央集權來替代了這個。當我們分離爲各團體，又，我們的該營合同生活的可能性，實際底地殆被剝奪了的時候，在精神底關係上，也看見和這一樣的現象。人類之中，最貴重的，是人類的集團性，但在這樣的環境裏，我們是沒有知道這，也沒有覺到這的能。

我們繼承着人類的過去，也愛人類的未來，並且也響應各種的現象。那現象，便是和本身的周圍有着硬殼的蝸牛全然一樣，發生於由昏玻窗而感受視覺底印象，經厚障壁面感受音響的實體的我們的周圍的東西。惟有社會主義，則破壞這障壁，無論怎樣的形式的利己主義，也打破那存在的素因，毀掉龜一般拖着走的小屋，對於從外部來的一切的刺激，我們就易於感受，易於銘感。而且這樣地和外部聯絡在難以相離的關係上的我們，便必然底地和人類的全心理相融合了。

人類，是無限的，是永刼的，是神底的，我們這樣地感覺，是始於什麼時候的呢？這是在——明白了人類所有的一切，都是挪借，或是經過篩子，從外部所收受的東西，而人類決不爲衣服之類所制限的時候；人類像了偉大的豫言者，成爲能够生活於全心理底生活的人物了的時候；人類能够說『我的人格，達於日星，我的人格，在我們現代人的苦痛和愉悅和歡喜之中，具體底地活着，將在過去以及未來的人類的歡喜和悲哀，作爲我的東西而活着』的時候，是那時候。

這是將成爲人類的精神的，偉大的不死底擴大的罷。但倘有人說，因爲圍繞我們的生活的步調太快的結果，以及人類所受的印象太多的結果，人類大概都患着神經衰弱，那麽，也就可以擔憂：當『喧囂和音響和長枝條的生長』滿於人間的時候，社會主義開拓我們的耳目的時候，人類的腦髓不會破得亂七八糟的麽？自然，人類的一切用器，也並不是能夠收受逼他而來的人類底暴風雨的全部的東西。

在藝術的領域上，要展開堂堂的記念碑底的宏大的場面，我這樣想，但這是無可懷疑的事，那時候，先是藝術底集團，進向這意義上的第一計畫去，是明明白白的。倘我們作爲例子，取了集團主義的最貧弱的時機，例如古代的共產，或意大利中世期末葉的共產建設，或是建設中歐的戈諦克式的寺院和市參事會堂等的藝術來一看，那麽，就會發見，在這里，個人是將影子藏在背後，而且無論是怎樣的人類底天才的堂堂乎而又值得驚異的作品，也不容易尋出那作者的名氏的罷，凡這些，不消說，就都是費百年的歲月，化許多的費用，由無名的團結，而建設了什麼可驚的建築物的。

我們在不遠的將來，就要有洛思庚（Ruskin）所曾經頌揚爲較藝術底個人主義更加優秀者，即藝術底集團以及建築家，畫家，雕刻家的全一底團結的罷。他們將一氣來研究一定的同一計畫，而且他們不但無須百年的歲月，只在幾年之中，建設各種人類的理想和人類的貴重品的殿堂而已，也將建設作爲我們的緊要的欲求之所在的公園都市和完備的都會，並且以人類對自然所描寫的美和調和的幻想爲基調，來改造地球的全面的罷。

倘要豫期那由精神之中的內部底變革而生的什麼損失，和在外部的社會主義底變革相當者，那恐怕是幽玄（Intimacy）的詩和幽玄的藝術這方面罷。我知道着神祕底而難以言傳，並且不能翻譯爲任何言語的，雖微音和輕顫，也都覺得的藝術家的微妙的感覺，換了話來說，就是知道着以爲我們的內部底變革的結果，我們的精神將要全被顚倒罷，赫赫的太陽的光線之所不到的狹路，將連一條也沒有了罷之類的，藝術的微妙的感覺的恐怖。

但我想，以此爲慽的時候，大約是未必會來的。爲什麼呢，就因爲這樣的個人中心主義和個人的獨創性，或是收受印象的氣質底特徵愈強，則社會的分化之度也就跟着牠而愈加增加起來的緣故：還有我們的精神感受印象愈多，則將精神來水準化的事也就愈加困難起來的緣故。

試取什麼邊鄙的村落爲例來看——在邊鄙地方的人們，是大家非常相像的。在西伯利亞的僻地，或是隔絕了一切外界的印象的人們所住的幕屋等處，會看見集團底精神病的現象——就是，當人們失了自己的個性時，易於發生梅略欠逌病（註）的現象。而反之，對誰也不給安靜的大都會，却於個性的發達，給與最敏感的樣式的。精神病研究者告訴我們，村落裏的最大多數的精神病者，所患的是白癡，卽個性的倒錯和個性的喪失，但在都會和中央部以及首都裏的最大多數的精神病者，却是發狂和誇張個性的人們——例如誇大妄想狂和熱中狂。

註：是發生於西伯利亞的僻地的流行性精神病，和癲癎相像。——譯者。

疾病之所顯示者，是一般底生活狀態的最徵候底之點。我們的在要進行的市街主義，以及在精神界物質界，發生於白日之下的一切事物的文化底向上，是引向個性的發揮，那材料的豐富，稱爲人類底個性這社會相的複雜化的。

從這個見地來觀察，則在社會主義底社會裏的創作上的獨創力，就比在什麼社會裏都要大。但豫料起來，這獨創力，也將更爲勇敢。而且，正在受着"Decadance"這句話的洗禮的耽美底頹廢底的東西，那職務將愈加縮小，也是可以肯定的。就是，人類將征服追壓自己的一切哀愁和不幸，而得到勝利。而且在社會主義底社會裏，也能够蒼白瘦削，除了哀調以外，不能表現其心情的孩子，化爲有着最勇敢的積極底的心情的壯健而又充滿希望的青年。那時候，迄今是本質底的哀調，在他恐怕早成爲不調和的東西了。

經了這樣的試練的藝術家的共通底特質，是能够在一瞬息中，超越了對於別人的個人底外面的接觸——自然還不能不接觸——而卽刻入於惟有作爲藝術家的境地。倘若講起關於我們現在正在創造的世界歷史的劃界時代來，那就可以大大地鼓舞底地，大大地光明底地來說：首先，我們將走進這社會主義底樂園，但應該經過那小小的層，而且這還是頗苦的煉獄。（註）

註。出但丁所作的『詩曲』，是天堂和地獄之間的地方。——重譯者。

倘將現代的藝術，仔細地一檢點，則我們大約就會發見。藝術是巳經並非單一的東西了，所以，當藝術直面着新的社會底需要的現在，藝術家的各種團體和各種部類，在這點上就非常混亂。

新舊的藝術，在舊世界裏，是頗猛烈地，而且頗懷着憎惡，互相攻擊了的。年青的藝術，對於妨害自己的自由的發展的事，以及藝術界的特權底的元老階級，還有仗着已經樹立了的自己的名聲，一直在後來的社會裏也還保着地位的舊時的人們的成績——等，都大大地憤慨了。

在這神經衰弱底世界裏，我們是在非常地特殊的現象之下，生存下來的。以異常的速度，方向行了轉換。幾乎每年有新流派發生。有志於發見藝術上的新大陸，發見亞美利加的青年，濫造了可以稱爲技巧的東西。假使舊的系譜的藝術家們，從自己的立場，對着青年的藝術家，說道，現在是寫生(Sketch)得了勢力了，所以暴風底的而新奇的你們的探求，在今日的藝術上，是消極底的東西。則他們的觀察，許是正確也說不定的。

幾乎誰也不認眞做事，幾乎誰也不著力於藝術的社會底活用這方面。那結果，是使我們只能和最實際底的非文化混雜。倘在藝術雖然分明知道，然而墮落下去，失了傳統，成着野蠻的現代，將我們和舊系譜的藝術家相比較，來非難我們，說我們比他們畫得更壞，寫得更壞，那是不得當的罷。爲什麼呢，因爲我們的藝術，是豫期着就要將新的趣味，送給生活的。然而顯出衰頹期者，却無論怎麽說，總是藝術的社會底信用的喪失。倘從舊系譜的藝術家那面來觀察，說青年們不過要博名聲，衒着奇矯，那大約可以說，話是對的。乳臭還未從唇邊乾透的無髭的青年，便早以軌範自居，即使他竭力撒出前代未聞的惡作有怎麽多，而其中却既不成樣子，也不會有調和，那是輕易湊成的理論，或是蒐集言語的草案，這是可以做理解他所發明的東西的鑰匙的罷。而且他，還常在自己的周圍，尋到兩三個比他更愚蠢，連他所發見了的獨自的東西也不能發見的青年們的罷。他們於是相率而向那可以發揮獨自性的清新的軌範前進。市場對於這現象，也有些適應起來。

藝術家的偉大的主人翁——那是廣告家，藝術作品的販賣者——最近也明白而且嗅到了這方面的事，他們不但買賣有名的名氏和僞造物，並且喜歡製造新的名氏起來了。在什麼地方的樓頂房裏住着的人，他——說得好，是病底地強於自愛的不遇的人，說得壞，是騙子。

然而巴黎或倫敦的一個公司却準備利用他來賺錢，全買了他的畫，用廣告的意思將這賣出去。一切的識者和蒐集家，都想爲自己買到這些畫。在他們，一定要用這『伊凡諾夫』，(註)這便定了市價。他們買了那個去。蓋因爲『這是希奇的』的緣故——這句話，在現代，是非常的讚辭。而這種事象，在最新的藝術之中，則是病底地很厲害，在那裏，有被厭棄的殘骸的山積，是誰也不能否定的罷。

註：俄國很常見的姓氏，大約猶如中國說張三李四。——重譯者。

青年們在創作之前，發見新的道路之前，先來準備走這新路的腿裝，健脚，是好事情罷；經了藝術的好學校，然後來想獨立，來想藝術的此後的發展，是好事情罷。青年們到了這樣，不是正當的麽？

可惜的是，我們還不得不時時顧及這樣的非難，那就是說，雖在代表着有勢力的亞克特美派（學院派）的團體的藝術家，也一樣，藝術的社會底活用這方面，也被付之於等閒。在各國裏，藝術正在沈衰。聖火正在消滅。

自然，印象派的人們所在反對的非褐色的醬油呀，沒有苦腦的鈔本的謄錄呀，最近十年間幾乎風靡了一切藝術的沒有有苦惱的繼承呀，或是有產階級社會的藝術等，是可以使牠和年青的藝術相對峙的。

從別方面觀察起來，則正確地指示着，那『軌範』這東西，就幾乎完全成了壁紙店。他們應了富貴的人們的需要，製造適合於那住居的各種樂曲和富人的肖像，這樣子，他們不但被剝奪了創造底活動，而且全然職工化了。但這里之所謂職工，並非我已經講過的，這話的本來意義的職工，即藝術的社會底活用者。

在我們的博物館裏所見的繪畫，即屬於眞實的全盛期的繪畫、和現代的繪畫之間的那差異，可有未曾看出的人呢？

從這樣的見地，大概就可以說，藝術的狀態，實在是頗爲苦惱的狀態了。我們在藝術裏，看見沸騰和志望和探求，總之，這是惟一的好東西。爲什麼呢，因爲在不行探求之處，就沒有適應於這世紀的經了洗練的技巧，而只有曾在或一時代實在活過的藝術的——蒼白，禿毛，無齒，瘦削，瀕死的——殘骸的。

自然，在這兩極端，即新的探求和舊的形骸之間，為了優秀的技術者們。還留有很多的餘地。倘我們隔了或一定距離來看，則在人類經過造形藝術之上的一階段的那艱苦的沙漠的綠洲上，會看見將新的探求和舊的體型，獨特地結合起來的一等星的耀煌的罷。

於是乎應該歸納了。但是，在這之前，將關於革命藝術的問題，作為問題來一看，也不是枉然的事。

我們上面說過的探求，是顯示着病底狀況的，然而，在那探求之中，不滯着非常健全的基楚麼，又，沒有觸着發生於藝術的領域以外的革命，即發生於社會底探求的領域內的革命的眞諦麼？這問題，是極其重要，而且很有興味的問題。所以我希望在這里聽我演講的市民和同志諸君，我關於藝術上的所謂更新和藝術上的無知，以及似是而非的僞學者的醜惡的方面，雖然頗猛烈地講過了，不但要立刻將這和觸到革命的眞諦的重要問題，連結起來去着想。我所要講的，除了關於無知和似是而非的僞學者之外，是什麼也不是的。

然而，在這裏，却發見着大價値的事業，在這里，却有着對的活的今日，對於眞的事業，要表現自己的感應，並且用文學底反響來呼應的藝術家中的最易於共鳴的部分的（即年青的人們的）誠實的志望。我們並且有着在這意義上的典型底流派（印象派在前幾時還曾嚷嚷，但現在已被看作昨日的流派了）。——頗可作詳細的研究的對象的立體派和未來派就是這。但對於這現象的解剖，我現在不能分給牠時間。

在現在，只能講一講一般地已被肯定了之說——就是，二十世紀之所創造的人生，實在是絢爛，而且印象很豐富，在藝術的新傾向中，有着這人生的現實底反映——這一種誰也沒有論爭的餘地之說在這里。

造刑底藝術，依牠自己的典型，是靜學底藝術；於雕刻和繪畫，沒有給與可以描出運動的東西。

在二十世紀——特是運動的世紀，力學底世紀——裏，繪畫和雕刻的樣式本身，是不得不惹起人類的精神和病底衝突的。

藝術家用盡心思，要自己的繪畫動着，活着，他努力想由了形態，使作品力學底地活起來。然而雖然如此，描在畫布上的一切的東西，却立刻死掉了。所以就有創造運動的幻影(Illusion)的必要。而最新的藝術底流派，目下便在內部底矛盾裏爭持。但是，並不是惟有這個，乃是構成青年們所正在深刻地體驗着的危機的精神的東西，對於有大力發大聲的叫喚者的許多青年的愛情和奮激，也成爲那精神的構成，那精神，於伴着資本主義底，戰爭底，革命底性質的暴風的社會生活的新狀態，是很相適應的。

現代，是最英勇底(Heroic)的時代。

不久以前，我們還彼此在談瑣細事和尋常事。看契訶夫的作品和摩泊桑的『孤獨』就是。誰在今日，還說人生有些發酸呀，人生的波瀾稀少呀，鋒利的印象小夠呀，事件的進展不足呀呢？我們現在，可以說，已經進了曾在過去的或一時代，人類的經驗了的粗野的旋渦的正中央了。這旋渦，愈到中心去，就捲得我們愈緊。堅實的一切東西，都在那裏面被分解，例如，雕刻也是，繪畫也是。於是替換了先前的易於溶解的特質，而得到過度地強有力的特質，極端的內部底不安的特質，同時是作爲時代精神，必然底地正在要求的明瞭的特質，先前爲了被評價而準備着的色彩，容姿，線等，在現在，比起我們每事所經驗的新的那些來，在我們只見得是隱約的朦朧的東西了。作爲形式的革命。是跟着其中所含的破壞，被鑄成的形體的缺如，最大量的運動的存在的程度，而和最新藝術，聯爲親密的血族關係的東西。

但是，這事，是最新藝術的內容，和新生活的內容有些關係的意思麼？不，並沒有這意思。屬於過去的系譜的藝術家現在雖然還生存，革命階級的無產階級却直感到毫無什麼可以從他們攝取。而反之，無產階級也覺得非全然向未來派去不可。然而這樣的事，在我們是毫不覺得正當的。

假使將革命無產階級們的顯現於一方面的對於舊形式的愛執，用了或種非文化的事來說明，則在別方面，各個無產階級的對於未來派體型的有所攝取，就分明應該當作偶然底而且膚淺底的現象。無產階級(尤其是那最前進的人們)雖然對未來派說，『惟這個是應我們的慾求的東西』，然而兩者的這樣的實在底的融合——是全不存在的。

然而，我們愈考察在無產階級者戲院和展覽會的狀況，就愈不能不承認對於無產者藝術，給以最大影響者，總還要推最新的流派。形式底的親族關係，即新形式的探求，其實由於對一切革命的本質底的動力主義（Dyuamism）的偏愛的——這使彼此兩方面成爲親屬。然而在無產階級，有着內容。倘使你們（新流派的藝術家）問他們（無產階級）所要的是什麼，他們就會對你們吐露堂堂的思想的罷，而且會講說關於人類的心理的絕對底變革的事的罷，這些一切，也許是還沒有完全地被確定着的，但至少，也暗示着目的和理想。但是，關於這事，他們倘去質問未來派的人們，大約未來派的人們就會說，『形式呀』……『形式呀』。『體驗』以外，什麼也沒有畫出的線和色彩的種種的結合，在未來派是以爲這是一種繪畫的。感染了有產者的藝術底空虛（蓋在有產者，是沒有理想的），成着先入之主的未來派，說，文學不應該列入藝術之內，藝術家不應該感染着梗概底內容和文學風。在我們，這話是奇怪的。倘若這話並非以不能懂得這質問的孩子爲對手，那麽，我想，便是頗爲頹廢的徵候。爲什麽呢，因爲一切藝術是詩，一切藝術是創作，藝術者，是表現着自己的感情和觀念的東西，這以外是什麽也不能表現的。這些觀念，這些藝術，愈是確定底，則藝術家所表現於那作品（註）上的果實，也愈是確定底，純熟底的東西。

註：在這裏，我自然大抵是就觀念形態底藝術而言，至於產業底藝術，則可以比較地更多是形式底的。

誰以爲線和色彩的結合，就成着貴重的東西的時候，他乃是不能將新的什麽東西灌進新的革囊裏去的小子，或者恰如文化用舊了那內容，轉向到純然的形式主義去的時候一樣，是專重形式的半死半生的老人。尼采說過的下面那樣的話，是最爲得當的：『現今的藝術，失掉了「神」，藝術不知道應該敎什麼，也沒有理想，所以縱使你是怎樣偉大的技術者，在這樣的條件之下，你却不會是藝術家。』

在形態上沒有獨特的思想的人，在形態上沒有被鑄造了的 明白的體驗的人，便不是藝術家，他不過成爲單單的技術者，以造出別的藝術家可以利用的或種的結合。

這顯然的內容之缺如，以及連在做詩本身，也是並無內部底內容的聲音和言語的自由的結合論（這樣地也還是失算，終於將文學從文學趕出了）之類，究竟是有着怎樣的特質的呢？這是被不像未來派之專在追求新奇的新人們，看作——未來派者，是恰如有產者底進膳之後，說別的東西都平凡，想要黃鶯舌頭的有產者底文化的極端地膩味的無謂，和被閹割了的果實，是很陳腐的東西——的程度就是。

在舊藝術，愈有着頗是本質底的出發點，即藝術愈是現實底的，則可以斷言，牠有着對於將來的生存權無疑，還不止生存權，藝術在將來，將愈加鞏固其位置。縱使我們堅持着怎樣的理論，能夠想念底地，否定了自然給與於健全的一切人們的形態的結合，蘊蓄着最高的觀念底和情操底內容的形態的結合——惟有這樣的結合，有着存在權——的事實麼？

然而這並非藝術非寫實底不可的意思。說起這是什麼意思來。是：人類當活着之間，會有一種慾望在人類裏出現，要使人們以及在周圍的自然結合起來的意思。是：雖在圖謀結合，但願意表現出我們的貴重的幻想和或種高潮的觀念地，並且改造過或種的現實底形態地，結合起來的一種慾望，在人類裏出現了的意思。

正如諸君不能抹殺我們的言語一樣，也不能抹殺這事的罷，因爲這是幾百萬年間，一道伴着人類下來的東西。

從這見地來觀察，則對於自然有着現實底而且『奴隸』底——（新人物是這樣地說的）——接觸的被稱爲舊藝術這東西，倘充滿以新內容。那藝術便將看見最決定底而且廣大的反應。振興這藝術的關鍵，繫於發見那活的精神或內容。近年來，對於內容，竟有輕率的，嘲弄底的態度了，但尋出內容的事，言其實，在很有技巧的藝術家，是他所應做的一切。以對於事略家的態度來對內容。是不行的。尋出內容的事。意思就是得到觀念的結合，而那觀念，則就是充滿於人類的精神中，非將這表現出來不可的東西。

新的藝術，在社會主義關係上，也並非在更加適宜的狀態。

在新與藝術相互之間，在這藝術的天才底代表者們和勞動大衆之間，設起親睦關係來的我的嘗試，無論何時總遇見頗認眞的反對。那反對，不但從大衆的方面，從勞動階級的相當的代表者們樣方面也受到，他們否定底地搖着頭，說道，『不，那是不適當的』。然而呢樣的事，不成其爲意義，新的藝術云者——是較之新的接觸和變形，生活現象的音樂底解釋，或由自然所授的形式，倒更有以創造者所顯示的藝術底形式爲主之類的傾向的。但在這里，內容也在所必要。

天才底未來派之一的詩人瑪亞珂夫斯基（V.Maiakovski）．寫了稱爲『神祕喜劇蒲夫』這詩底作品。這作品的樣式，是瑪亞珂夫斯基所常用的，然而內容，却有着稍有不同之物。這作品，以現代的巨人底體驗，作爲內容，內容是帖然切合於生活現象的，作爲近年的藝術作品，可以說，先是最初的收穫。

從外部底方面觀察起來。事情是簡單的，雖然我們衰頹着，俄羅斯衰頹着，然而我們非開拓藝術的全盛期不可。我們願不願，並不是問題。是目下我們被逼得不能不做，而且不可不做的事，連列寧似的並非藝術家的人，所慫恿我們的是——在街上，在屋裏，以及在我們各都市上的各種的藝術底創造。竭力從速地變革這些都市的外貌；將新的體驗表現於藝術底作品上：抛掉可以成爲國民的恥辱的感情的大塊；在記念物底建築物和記念塔的樣式上造出新的東西來——這些的慾望，現出來了。這慾望，是巨大的。我們可以將這做在臨時記念物的形式上，在墨斯科和彼得格勒和別的都市裏，已經建立起來了，以後也還要多多建立的罷。（註）

註：這運動，是蒙了窮乏時代的影響而中止了。但現在又已旺盛起來。——一九二三年備考。

將石膏和一時底的雕像，鑄銅與否，是由於藝術家的態度之如何的，他們倘努力於鑄銅，也就做得到的罷。還有，人民愈是裕福起來——自然，人民是要裕福起來的——這創作的進步也就愈加出色的罷。這『十月』二十五日的節日，是大節日中之一，從世界上任何時都不能見到的外部底的規模，從國家所支出的經費，從在勝利的餘澤中所體驗的心醉，都應該想到是大節且之一的。

彼得格勒的第一個大工廠這普諦羅夫斯基工廠，向政府申請，要對於在彼得格勒建設壯大的人民宮殿的事業，給以援助的事，我在今天知道了，不勝其高興。他們說，即使你將十所百所的宗務院，元老院，那舊的典型的建築物和有產者的房屋，給與我們，於我們也不滿足的，這些並不是我們所要的東西。我們願意有和本身相應而設計的自己的房屋，從有產者的肩頭拉下來的東西，是不想要的。政府呢，自然，不會拒絕因此而支出的幾千萬金的，從明年春天起。我們也當然要着手於堂堂的世界底的人民會館建設，我們應該立即着手於設計會議和事前準備。

關於這在彼得格勒的社會主義底人民會館的建築問題，倘不能悉數網羅了藝術家，則從勞動者方面向藝術家去囑託，要若干的天才底藝術家來參加，是辦得到的，而且也應該如此的，可是這是在我們沒有多餘的麵包片的時候。

註：那時計畫並未實現。在現在，那實現是已經臨近了。——一九二三年。

倘若事件在此後仍以現在似的步調進行，則我們將努力，在奇異的我們的札爾（俄皇）的彼得格勒上，再添上更奇異的勞動者的彼得格勒去。（至少，人民和那指導者，是在向着這事前進的。）

對於這事的趣味和才能和天才的需要數量，可能搜求到呢？我想，聚會在這里的藝術家諸君，是充滿着大的自信，會說——使我們去作工罷，給我們材料罷，才能之數，是不足慮的。而且這樣的氣運，我想，惟在偉大的時代的偉大的國民的藝術世界裏，這纔存在的。

自由的最大量——，由現代的世界底而且歷史底切要，非資本家的國民的囑託的大舉，而被形成的內底內容的最大量——，和這相應的創作的自由——，藝術的一切機關的自由的制度，即一切官衙式和有什麼功績的藝術貴族的一切管理之排除——，藝術底人格和藝術底集團的自决的完全的自由——，凡這些，是原則，惟有這，是和展開於藝術之前的諸事業相呼應，而能遂行的惟一的東西。

對於在這彼得格勒的，以前的最高美術教育機關的前美術學校，我希望着諸君。希望諸君在本年中，因了年長年少的同志的提攜，又因了由人生提出與藝術界的直接問題而被啟發了的最是自發底的提攜，而得藝術自決的自由的第一經驗。那自由，是不加長幼或有名無名的差別，隨意到好像一兵卒可以做元帥，實際地造出自由的競爭來，這在革命時，是常有的事，在這樣的時機，一切才能，是能够發見和那力量相稱的評價和位置的。所以，我們的生活的悲慘的方面，我毫不否認，然而同時，血管裏流着熱血的人們，却也能够經驗那要衝進切開了的未來裏去的準備和歡欣，我想。在未來之中，危險的東西和不確定的東西，還多着，但這是應該以自己還是壯者的事，來喚起勇氣，鼓舞勇氣的。而且，人們在沒有躺在墳墓裏之前，總應該是壯者。

有人說，恰如米耐爾跋（才藝女神）的梟，只在夜裏飛出來一般，藝術只在大事件的發生之後，來結那事件的總賬。我據了許多的徵候，覺得在我們之間，這樣的現象，大約是沒有的。那理由，是因爲社會主義底革命，在熱烈地志望，要趕快將新的酒灌進新的革囊裏去的緣故。

在現在，我們也常從動搖的農民和勞動者方面，得到要求。那要求，是給他們科學，給他們藝術，使他們知道蓄積至今的寶物，給他們設立可以發見對於自己的期待，體驗，見解的反應的機關，對他們解放知識和修得的源泉等。他們能够用了這些，將久已醞釀在國民的心底的東西，祕而不宣的東西，以及正如革命解放了各人的個性那樣地已經解放了的東西等，適當地，天才底地，或者未曾有地，描寫出來。

我所望於諸君的是勇氣和信念和希望的堅強，我們是生存在眞的希望之國裏。即使這希望是像元日草的罷，總之也還是一種會得生長的東西。芥子種能成大木，我們的土地化爲樂園，由人間底天才的暗示，而成爲偉大的藝術底作品藝術家在現在，可以在這里發揮自己的本領。

我想，我們所聚會的小小的祝賀會，是和社會主義底變革的精神，在深的共鳴之中的。還有，我所作爲最大的歡喜者，是我爲了要作已經說過了的那樣的演講，來到諸君之前的今天，和普諦羅夫斯基工廠的委員見面，受了這樣的要求。他們要求說，『勸誘你的藝術家們罷，使國家拿出本錢來罷，那麼，在彼得格勒，第一的偉大的人民會館，就會造起來了。』『國立技藝自由研究所』，是可以站在先頭，以建築在彼得格勒的『自由人民會館』的集團底技術者。

蘇維埃國家與藝術

藝術的怎樣的方面，是能够將利益給與蘇維埃國家，而且非給不可的呢？先應該將藝術的怎樣的領域，歸我們管理，而且用國庫來維持的呢？

因爲有着雖然和藝術關係較輕，却往往將惡影響及於藝術活動上的人們，所以我想將這種國家的問題，給這樣的人們來講一講。

其一　作爲生產的藝術

到藝術接近生產，還頗有些距離。所以大抵由左傾藝術家所提唱着的這標語，是在證明現代藝術的一種貧弱的，這應該直截地而且決定底地說。其實，藝術在現代似的時代，是也如在向來的革命時代一樣，首先總得是觀念形態的。藝術者，應該是將和那國民及國民的前衛階級有最密接的關係的藝術家的感激的精神，自行表現的東西。藝術者，又應該是將現今正在作暴風底運動的人民大衆的情緒，加以組織的手段。

然而，那感情上對於革命大抵是敬而遠之的「右傾」藝術家——但「左傾」藝術家，在這關係上，却較親近革命——是成了將最頹廢底的影響，給與最近十年間的西歐藝術的，純然的形式主義底傾向的俘虜了。所謂那形式主義底傾向者，外面底地，固然囂囂然似乎很元氣，但內面底地，却完全是頹廢底的。而且直到最近時，他們還有了進於內容的虛無，即所謂無對象的世界去的執拗的傾向。這些無理想者和無對象者們，雖然自己就是革命的實見者，而對於這歷史上的大事件，竟毫不能給與什麼觀念形態底藝術，什麼堂堂的雕刻或繪畫底圖解。

左傾藝術家們，則一面努力於不離無產階級，並且竭力和他們合着步調，一面以非常的興味，在研究藝術的生產底問題。在紡績，木工，冶金及陶器等的生產上，即使那些是無對象的形式底藝術罷，但是能够製造充滿着歡喜和美的物品的，也已經正在製造。我們的文化的目的，在創造人們的周圍滿是美和歡喜的社會，是說也無須說得的。

倘將我們的視綫，寬廣地轉向藝術的生產問題去，那麼，大約就會看見無際的地平綫，展在我們的眼前的。在這里，有新都市之建設，運河之開掘，大小公園之新設，人民館之建築，俱樂部之裝飾，室內之布置，裝身具和衣服之優美，嗜好之改革和獎勵等的問題，這目的的究竟，卽在改造那圍繞我們的自然底周圍。這改造的實行，最首先是靠着經濟，農業和工業。在這關係上，這些各部門之所給與者，是恰如半製品一般的東西。到究竟，則一切東西，例如雖是食物，也應該對於直接的目的的人類的慾望（經濟問題），給以滿足之外，又將別的目的，即快樂的歡喜給與人們。

自然，現在我們太窮困；所以談論關於這方面的認眞的工作和俄國工農的生活狀態的實際底改造的時候，恐怕離我們還是很遠很遠的。但不能因爲這樣，我們便不再觸到藝術的生產問題、什麼都不問。惟現在，却正是應該攻究這問題的時光。第一，例如在織物生產上，我們並無應該將這染得沒趣味的理由，爲什麼呢，就因爲藝術底的染色和沒趣味底的染色，經費是一樣的，但那結果，却於販賣價格上有非常之大的差異。食器等類，也見得有同樣的關係。我們今日，已經很想將和技師有同等的熟練的技術者，送到工場和製造所去。

然而我國當帝政末期之際，這種事業却在極端地壞的狀態上。我們是曾將德國人製造的東西，作為選擇的最後的印記的。而我們的技術家底藝術家的大多數，對於這事也毫不加一點批評。在現在，我們已經在我國的學校裏，開始養成獨特的技術家底藝術家。並且期待着，想於最近的將來，將生產拉到頗高的水平上。

還有，在內外市場上，對於俄國的獨特的出產，和不失十七世紀的香味的東西，特殊而有些粗野的，然而新鮮的俄國鄉村（還沒有失掉獨自的感情的）的趣味等，感到魅力的事，我們是一瞬間也忘記不得的。

在這意義上，俄國的藝術家們能夠於家庭工業方面，做出嶄新的東西來。左傾藝術家已經在陶器製造所，於陶器上施以有趣味的各種彩色法，而論證這事了，我國，在大體上是原料品的輸出國。但這樣的輸出是極端地不利益的。

因爲工業在低的水平上，所以完全的製品的輸出，實在是很少，可以稱爲藝術底製品的輸出的，則至今爲止，只有家庭工業品。從家庭工業的保護和獎勵起，以至建設可以從木材，織物，金屬，生產出和這相類的物品的特種製造所，建設花邊和絨氈製造所以及類似這個的東西等，無論那一樣，從經濟底見地說，也是有利的。

人民教育委員會向來就常以大大的注意，參與着這問題。我們不但努力於保護我們傳自先前的制度的在這關係上的一切東西而已，還創設了新的或種的製造所，在先前的斯忒羅喀諾夫學校裏，則設了研究藝術工業的各方面的分科。

因爲實施新經濟政策所受的打擊，這方面自然也有的。職業教育局非常窮困，那結果就影響到技藝學校去了。技藝學校是完全窮透了。技藝教育部爲要救濟徒弟學校和生產學校，也講了力之所及的一切的方策，然而那結果却不副所望。不但如此而已，忍耐了許多辛苦，還傾注了一切努力，而革命初期的軍事問題的餘映，又成了衰亡的威脅。而這事業，是和中央勞動組合，最高經濟會議和外國貿易委員會，有着直接的關係的，所以我想，爲了來議關於俄國的藝術底產業及其教育的振興策，招集一個由這些的關係公署，以及這方面的有權威的藝術家，識者所成的特別會議，恐怕是最爲緊要的事。

其二　作爲觀念形態的藝術

就如我已經論述過，在革命，是豫期着作爲觀念形態的藝術的發達的。說起這話的意思，是指什麼來，那麽，就是直接地，是將作者的觀念和感情，間接地，是經由作爲居民的表示者的那作者，而將居民的觀念和感情，表現出來的藝術底作品。假使我們自問，爲什麼我們這里，幾乎全沒有觀念形態底無產階級藝術的呢（例外是有的，後來論及）？那囘答，大概是頗爲簡單而且明瞭的。 當有產階級做了有產者革命的那時， 在文化底關係上，在實生活底關係上，比起現在的無產階級來，都遠在福氣的境遇上，有產階級能够毫不感到什麼困難，而使自己們的藝術家輩出了。不但這個，知識階級——卽事實上掌握着一切藝術，而且向來使那藝術貢獻於舊制度的知識階級，和有產階級是骨肉的關係。(從Wafteau起，Moliere和Ruskin是有產者。)在這一端。和無產階級自然毫沒有什麼共通點。無產階級，是作爲僅有薄弱的文化的階級，作爲雖是知識階級，也還至於發生或種憎惡的階級（唉！我們的革命就十分證明着這事），而勃興於不可名狀的困難的境遇之中的。在這樣的條件之下的知識階級，從自己們的一夥裏，只能出了極少的幾個會對於得了勝利的無產階級，以誠實而完全地歌唱讚歌的藝術家。從無產階級的一夥裏也一樣，僅能夠輩出了少數的人們。

我已經指出過，在這里，也有例外。我想，這就是文學。作爲藝術的文學，是要求眞摯的豫備的。但是，雖在不完全的準備的狀態上，或者竟未曾做這準備，只要作家有什麼話要說，他深刻地感動着，而且他又有文才，那麼，從他的筆尖，也能夠寫出有趣而意義多的什麼東西來的罷。然而這樣的事，在音樂的領域，在雕刻，繪畫，建築以及別的領域，却全然不能想的。我在這里所要說的，其實大抵就是關於這等事。對於藝術底觀念形態底文學（瑪亞珂夫斯基及其團體的作品，我的戲曲和無產者詩人們的特長底地豐富的一切的詩……），也許有提出疑義來的。但無論如何，雖是嚴格的批評家，可能將這些一切作品，從那數目中簡略地抛掉與否。也還是一個疑問。何況是在這些作品，已在歐洲惹起着認眞的注意的今日呢。

於這現象，造形藝術能够使什麽來對立呢？還有音樂？

同志泰忒林(Tatlin) 製作了一座反常 (Paradox)底紀念塔。(註)在全俄勞動組合的屋子的一間客廳裏，現在也可以見到。莫泊桑曾經寫過，只因爲不願意看鐵的妖怪愛菲勒 (Eiffel)塔，想要逃出巴黎。許是我的主觀底謬誤也說不定的，我想，和泰忒林的這紐紐曲曲的記念塔比較起來的時候，愛菲勒塔乃是眞眞的美人了。假使墨斯科或彼得堡，用了有名的左傾藝術家之一的他的創作品，裝飾起來，那麽，這恐怕並非單是我一個人的眞實的悲歎罷。

註　第三國際記念塔的模型——譯者。

就如我已經講過，左傾藝術家像啞的一般，不說革命底言語之間，則他們觀念形態底地造出革命藝術來的事，在事實上，大約仍舊很少的。他們原則底地，排斥着繪畫和雕刻等類的觀念底及畫像底內容。這樣，他們就從以自然爲材料而賦以形象的原來的自己的任務， 脫軌到歧路裏去了。 國家不可不着想，致方，將有觀念形態底性質的一流的作品，加以幫助，使牠行世，是辦得到的。無論誰，不能人工底地，生出天才或大的才能來。但能辦的惟一的事，是倘有這樣的天才或才能出現了，國家對於他，就應該給以一切方面的維持。國家也當然應該取這樣的手段。所以倘若有誰出現，畫了雖是和伊凡諾夫(Ivanov)的「基督的出現」或式里珂夫(Srikov) 的「穆羅梭瓦夫人」的內容比較起來，不過那五分之一的價值的繪畫——但是適應於新時代的新內容的——那麼，由我想來，這將怎樣地成爲一般的歡喜呵，而且我黨和蘇維埃主權，對於這樣的事件，將怎樣地高興着來對付呵。

蘇維埃主權出現的當初，符拉迪彌爾。伊力支(列寧)就已經對我提議，要用偉大的思想家的半身像，來裝飾墨斯科和彼得堡。在彼得堡，那是已經收了相當的成效的。在那地方，大約還剩有這些半身像的大部分。大半是用石膏所做，但自然，那一部份，是應該彫成石像，或者改鑄銅像的東西。在墨斯科的這嘗試，却全歸失敗了。我不知道其中能有一個可以滿足的紀念像。馬克斯，安格勒或巴枯寧的半身像，都失敗的，尤其是，如巴枯寧的半身像，則恰如無政府主義者是革命底的一樣地，是形式底地，革命底的。於是以爲這樣的紀念像是在對於自己們的戰將的記憶上，給以歷然的嘲弄的東西，要將這打碎了。這一類的東西，正不知有多少。然同志安特來夫(Andreev)所製作的記念像(在墨斯科蘇維埃的對面)，却質朴而且輕快的。但是，歸根結蒂，便是這，也不是報告眞的春天的鶯兒。

那麼，在音樂方面又怎樣呢？——縱使怎樣地留心探訪，還是字面照樣的絕無。將參加革命底全事件的全大衆，反映出幾分來的音樂底作品，一種也沒有。然而，在聽到，而且看見對於蘇維埃的不愉快的的代，藏着不滿的藝術家諸君的耶穌新教底私語的時候，却不禁於不知不覺中，從心的深處叫歎道，

『眞是死鬼們呀！』

但是，在本來的意義上的藝術底作品之外，觀念形態底藝術中，在那全意義上還有別方面的自己的藝術。藝術底宣傳事業就是，和這有關係的，是傳單，革命底的什麼小唱，或者朗誦底的文章，以及煽動用戲曲等。在這關係上，我們也做過一些事了。傳單印刷了許多，大部分固然是粗拙的，但其中也有好的，也有頗好的。煽動戲劇團遍赴各地，並非全是不好的東西。也有革命底外題，具有相當動目的技倆的也還有。但是，可惜的是，正發生着要中止第二流的移動藝術——雖然第二流，總還是藝術（沒有這，在大衆中，是什麼活

動也不能够的。）——這一個頗爲重大的問題。我怕這事會實現。政治教育局和那藝術部，所有的維持這些機關的經費太少了。

我黨和蘇維埃政府，雖一分時，能够疑心那具有正確的基礎的藝術底運動，有着怎樣偉大的運動力的事麼？我黨雖一分時，能够疑心因新經濟政策，而我們採用了小資產者底精神的今日，運動和宣傳，比先前更加必要起來了的事麼？

其三 Proletcult

從革命的一直先前起，無產者藝術的擁護者和那反對者之間，就開始鬭着特種的議論。在反對者那面，有大家分明互異其流派的兩個的傾向。其中之一，是直到現在，立脚於所謂「全人類底」藝術的見地的，但和這的不一致，是原理底。言其實，有時也偶見很有教養的反對者們，然而這種反對者們所有的皮相底考察，要除掉牠，大約也不見得有多麼難。但是，事實上。在地球上有了位置的一切藝術的一定的，而又頗是相對底的單一的事，於在及藝術或法蘭西藝術的存在事實，是相矛盾的麼？或者，於在同一的法蘭西，十七世紀和十八世紀之初有宮廷的御用底的封建底中世藝術，而十八世紀後半和以後則有有產者底藝術的事實，是相矛盾的麼？全人類底藝術，和全人類底文化同樣地在發展，而且也和文化同樣，被分類爲種種的層次，細片——泰納（Taine）說，那原因，是氣候，人種，時機等的關係——的，倘要不看這事實，只好成爲全然的盲目。文化史的社會底研究愈加深化，動力或歷史底情況對於文化有着決定的意義的事，也愈加顯得明白。而這動力的馬克斯底的解剖，則在教給我們以下面的事實之不可疑。就是，動力者，由各時代的經濟底發展和階級的鬪爭而被決定的。

倘用單單的一瞥，就能够知道意識底有產階級藝術，從迪兌羅(Diderot)和大關特(David)起，怎樣地虐待了汲那流派的典型底地皇室的御用底藝術，那麼，何況和一切等級的有產階級全然徹底底地不同的無產階級——正如社會革命的時代，在人類的歷史上，到底是現出惟一的局面一樣，在全人類底藝術史上，也能够容許不將可以成爲新局面的自己獨特的藝術，加以分割的思想的。

別的反對論，是出於馬克斯主義者們的。那是較爲深刻。他們對於得了勝利的無產階級，將以全然新的相貌，給與文化和藝術的事，並不懷疑。他們之所指摘之處，只在作爲隸屬階級乃至被搾取階級的無產階級，在那準備底革命或爲着進行那組織化的爭鬪時代，是沒有從下而來展開藝術的餘力的，這處所。

而這些反對論者之說，是以爲無產階級的勢力，都用到政治底活動去，因此之故，那勢力又生出力以上的勞力和擔當不住的生活條件來。有產階級是在得到自己的勝利的很以前，將那觀念形態，不但在理論底樣式上，而且在藝術底樣式上，也使牠發達了的。而這事實，爲有產階級計，是非常合適的條件，和無產階級的運命．是完全兩樣的。

我和這些反對者論爭關於無產階級藝術的精神的時候，曾經這樣地指摘了。就是。倘若無產階級在那鬬爭的初期，不但將那思想，也能將那感情，以藝術底作品爲中心，構成起來，那麼，眞不知道於無產階級怎樣地有益．而將那論證，我却在先是「國際歌」以及別的無產階級底唱歌等，那樣的較爲質朴，而且不很特別的現象之中發見了。依着這樣的藝術底戰鬬武器的特狀，我豫想了豫備底的無產階級藝術，還能夠作爲例證，無數地引用這樣的藝術的萌芽。

自然，當此之際，我並非專舉純無產階級樣式和純無產階級出身者的作品。正如在別的時地一樣，在這里，也有過渡期在，而惠德曼（Whitman）和惠爾哈倫（Verhaeren）的許多詩，自然是成着無產階級詩的先驅的。和這一樣，縣尼（Meunier）的彫刻，或是較爲溫和，然而頗是典型底的荷勒司德(Holst)的壁畫，也前導了無產階級底造形藝術。

然而純無產階級作品也出現着了，就是在文學方面。

我想，獲了勝利的無產階級，將創造自己的藝術，是沒有論爭的餘地的。全人類底藝術，將成爲怎樣的罷這一種論駁，並不是論駁。自然，無產階級的階級戰。成爲社會的階級底差別撤廢戰，無產階級的勝利，成爲全階級的消滅的事，是眞實。然而，無產階級得到完全的勝利之後——他們從新地施行人類的教育，並且撤去曾爲過渡期所必要的無產階級獨裁，而將人類的眞實的一切前衛力，糾合於自己的周圍，於是手中掌握着文化底霸權——到那時候爲止，大概要有比較地長的中間期的罷，這事，我們是相信的。

我是將這看作並無論爭的餘地的，而且對於這，我們的同人之中，大概也不會行認眞的論駁。但是，在無產階級的勝利期和對有產階級支配的鬪爭期的中間，却橫亙着在俄國已經到來的無產階級獨裁期了。於是也發生一個疑問，就是，無產階級可能發展自己的藝術呢？

理論底地，是好像無論誰，於此也並無反駁的餘地似的。階級——大衆底的，在生活和勞動狀態上，是分明地獨特的，內部底地，是爲世界底觀念所照耀，所暖熱，一面又在大鬪爭中，度着那生活，而在空間上，在時間上，都賦着應該凝視最遠的地平綫的運命的——階級，負着完成第一等職掌的使命的實務底的階級，在詩的領域，繪畫音樂等的領域上，却將啞吧似的一聲不響，這怎麼能够這樣想呢？

於最有光輝的生活，已經覺醒了的大衆之中，竟沒有稟着藝術底嗜好和才能的人們從中出現，這怎麼能够容認呢？

這是不能想通的事。再說一遍罷，理論底地，這是完全明明白白的。所以在十月革命前的 Proletrult（註）的胎生和其後的發展上，從我們的黨這方面，是沒有遇到理論底反駁，也沒有遇到實際底障害。自然，有產階級底和半有產階級底藝術家們，是嘮叨些無產階級藝術這東西，並不存在。存在着者，只有全人類底藝術而已等等，嗚了不平了。但是，那樣的無聊事，並不是值得算作問題的事情。

註：無產者藝術委員會，是革命藝術的指導機關，附屬於國立藝術委員會——譯者。

然而，這作爲實際底的工作，却決非那麽單純的。在實際上，我們能够看見了 Proletcult 的活動的實際底的旺盛麽？我們可以是認大的數量底成功。Proletcult 在一時統一了五十萬無產者（現在也大體是昇統一着）。這巨大的數字。那數目，雖是和我們的黨員數，也有相比較的價值。這數字，是給在文化底事業上，要獨立底地顯現自己的傾向，有怎樣地強做證據的。但是，Proletcult 可會出了什麽足使懷疑論者完全沈默的大作品沒有呢？

沒有！ Proletcult，那必要，是在並無談論的餘地之處，然而還沒有足以壓倒一切反對者的作品，却也是事實。懷疑論者們便從這一點推論起來——在 Proletcult 的期待上，是有根本底的謬誤的，無產階級的文化底活動，是最遲的舞臺，當獨裁的不安定的初期，成着各方面的論爭的中心的階級，爲了藝術那樣的比較底地「奢華」的東西，是搜不出足够的力量來的云云，這樣結論着，但我却以爲這些懷疑論者是錯誤的。首先第一，必須記得，無產階級是在全然技術底無知的條件上，進了文化底創造的路。在音樂和造形藝術的領域上，就更加一層。卽使他們有怎樣的才能，倘不作多年的準備，除了完全是外行人底作品以外，大概還是什麼也拿不出來的。到這里，我們就可以直截明瞭地下斷語，就是，我們從在學校和研究所的豫科一年級的教室裏的人們之中，要期待天才底的作品，那固然不消說得，便是期待鮮明而社會底地著名的作品，也不可能的。關於這方面的全然別一個疑問，卽在無產階級之間，有着在造形藝術和音樂的領域上的創作的質素和志望的人們，是否很多呢，對有這疑問，我們却大約立刻能有可以滿意的回答。繪畫，雕刻，朗吟，唱歌，音樂等一切研究所，一瞬間便爲無產者的青年所充滿，我們在他們之間，每一步總遇見大大的才能。這樣的研究所之保其地位，是有這必要的呢，還是沒有呢？可以用了創造新藝術，必須自此經過許多的年數這一個理由，而抛掉新的智識階級的一隊的準備的麽？然而，那是和將這談話，又從頭重述一回同樣的。竭力早開手，最爲切實。現在將不慣的畫筆去對畫布，或者正在聽着對位法的青年，而身穿技術的甲冑，以全速度展開自己的才能的時候，也許並不在遙遠的將來，只是兩三年後的事，也未可料的。

這里忘記不得的事，是這些研究所到實施新經濟政策爲止，是極爲貧弱的東西，教師也困難，因此他們又不得不和大障害戰鬬。其實，舊的藝術家和學院主義的末派的人們。往往因了民主主義的先入之主。對無產階級是懷着敵意的。政治底地和我們最近的左傾藝術家們，則引無產階級到變形和無對象的邪路裏去了，這些東西，在純然的裝飾底藝術的領域裏，是全然合法底的，然而使對於觀念形態底藝術的無產階級的健全的趨向，在萌芽中已經枯槁的事，也不能否定。倘若新經濟政策將反響及於 Proletcult 了，那也不過是使這些研究所只得關閉，另外毫沒有什麼可以因此譴責無產階級的才能不夠呀，關於 Proletcult 的豫測，理論底地不正確呀之類的東西。我想，倒是有說當以俄國的共有土地組合之例，作爲基調，來排斥土地用役上的集團主義的時候，車勒內綏夫斯基（Chernishevski）所說的『不得以被浪打在岸上的魚，不能游泳的事，來論證魚是不能游泳的』的話的必要罷。

藝術的一部，就是，我已經說過，惟獨文學，是顯示着或種的例外的。但其實。雖是文學，自然也要求緜密而且充足的準備。從這見地上，我對於文學院的下了第一的基礎的事，衷心爲之喜歡，不但如此，這傾域裏的先天底才能，可以讀破了過去的優秀的規範，而將教養的水平自行增高，並且產生鮮明的作品或大傑作，是全然明白的。

當各人對於同儕，給以藝術的感化之際，有着比別的任何方注都好的最完全的『言語』。所以無產階級便關頭第一，在文學之中，將自己現示了。

我並不想在本文上，來批評底地解剖無產階級文學的作品。什麽時候，我一定要實行的，但做這事，必須依照最確實的根據。我們在現在，已經有了詩人，大體是抒情詩人的完全的團體，這事實，我是可以做見證的。他們在文學史上，有着那地位無疑；那詩壇，也全由青年所構成，正在顯着順當的發達。對於他們，在美文學和戲曲作法的領域上，是還有加添或種有興味的嘗試的必要的（Gastev, Liashko, Bessariko, Pletnev及其他）。倘若無產階級文學將注意向着正在抗戰的，一切的消極底流派，則我們於此，不得不認年青的無產階級文學，可以代了那些而發達於我們的時代。自然，作爲組織的 Proletcult, 看去好像是沒有遂行着那課題。他從自己一夥裏，排斥着頗多的詩人。爲着教化底手段的無產階級底探求，他是應該成爲活的主體的，但因此之故，也就見得好像沒有做到。但是，這是因人間底『太人間底』的各種的接觸和誤解而發生，決不是起於主義的。

在演劇的領域上，Proletcult 正在認眞地探求，所以炯眼的人，立即能够看見這方面的大大的成效的罷。自然，Proletcult 還沒有適當的一定的戲劇作法，他也全然沒有出一個獨特的自己的演員。這是不足怪的。演劇，原是以優秀的技巧爲必要的。而要修得技巧，只好從別人，即做教授的演員和舞臺監督，然而我們現在有着怎樣的做教授的演員和舞台監督呢？他們就是學院派或寫實主義底傳統的人們。他們對於 Proletcult 的趨向，取着否定底態度。所以雖是做着大可尊敬的教授的藝術家們——也沒有從要向新的，傳單底的，鮮明的，記念碑底而且又是通俗底的東西，勇往直前的無產階級青年，受着特別的親近，這些一切的特質，已被寫實主義底和學院底演劇，拭掉了或一程度了，或者也可以說，决沒有啟發。於是乎往那趨向最騷然，並且表現底而又大有生氣的左翼的劇擅去了。從邁伊爾訶力特（Mayerhold）起，左翼的人們，在很先前就提倡着愉快的演劇，爽朗的熱鬧的演劇。這樣的演劇，比起氣分和心理底解剖劇來，那是遠是民衆底的。然而，和這同時，左翼藝術家們又在有產階級底市場上，作不合於無產階級的病的競爭，所以他們那裏，就有着作爲那結果而生的奇狂和饕餮和濃膩的傾向。因此之故，而雖是用了未來派底挽花紋樣沿邊的最時行的戲劇，年老的優秀的共產黨勞動者們也還是顯着非常懊喪的臉，跑到我們這里來，這事是我們大家都知道的。左翼藝術的許多東西，於演劇的方面，是可以適用，也能够中用的，但有許多，却有從看客遮掩了戲劇的眞意的通弊。這樣的傾向，在未來派的別的藝術的領域內，也在各種的變形之中察看得出來。

共產主義底戲曲作法研究所所主催的，將諷刺底擬狂詩『同志孚萊斯泰珂夫』的精神，做成樣式的舞臺佈置的大失敗，我想，是使將來停止這樣的傾向的罷。

Proletcule 於這傾向的演劇底探來，並非無關心。倘若有效驗的毒物，於有趣而質朴的戲劇『墨西哥人』沒有害，那麼，那毒物至少是將普列德芮夫（Pletnev）的『萊娜』的第一的舞臺佈置完全毀壞了。但爲了這些一切的困難和迷誤，Proletcult 中央委員的純無產階級劇場，是充滿了實現新劇的創造和技術底意義之達成的大奮勵以及英雄氣的希望。但是，雖然如此，假如現在來毀壞目下已經無力地低頭垂手，因爲停止了由新政策來定了命運的扶助而失望着的這集團，是直接的犯罪，那麼，這事是令人懊惱的。

其四　蘇維埃主權的藝術問題

大衆教化問題，是勞農主權的中心問題之一無疑。教化的概念中，也包含着藝術底教化。爲勞動者和農民，又，和在歷史上一切時代，有着生活底地充實的勢力的新興階級的觀念形態者一樣，爲勞動人民的觀念形態者，藝術也並非本身就是一個目的。人生當強健的時候，人生決不從藝術來造偶像的，却來造爲自己的武器，以及爲人生，爲那成長，爲那發達的一切。

從這一點看來，藝術的內容，便添起特別的意義來了。但不可因此便立刻推斷，以爲形式是應該當作第二流底的東西。因爲在那裏面，也含着藝術的魅力。藝術的形式者，原是一面將藝術底形式，附與於各種的生活的內容，一面將對於人心的透徹力，提到異常之高的東西。

生活的各方面的中心底內容，是什麼呢——在這里，雖是只關於無產階級和與之合體的革命底農民而言——那是爲了社會主義和最是社會主義底的理想而做的鬬爭。這內容，是無際限地多角形底的。

這內容，自行擁抱着全世界；這內容，令人用了別的眼睛，注視宇宙，大地，人類的歷史。又令人注視自己本身，生活的各瞬間，我們的周圍的各對象。

這內容，可以鑄造於人類底創作方法的多樣的體型之中，也可以鑄造爲藝術底作品的一切的形式。

大衆的社會主義底教化，是教化的中心，大部分也幾乎盡於此了，但對於藝術那樣的偉大的武器，必然底地也不得不加以注意的。

將這放在念頭上，來從別方面考察這問題罷。藝術底教化，是相互地有着連繫，而和這同時，又有着相異的兩面的。其一面，是使大衆知道藝術，別的一面，是將可以成爲大衆的精神的表示者的那單位和集團，從他們之中，激發起來的傾向。

縱使等待勞動階級方面的自發的藝術底出現，到了怎地疲倦，我們也能够大膽地相信他們。從勞動者和農民的心中所迸出的東西，總是和在發達的路上的太陽——社會主義有關係的。不過當我們在這里講起關於藝術作品之影響於大衆之際，我們就遇到這樣的事實。就是，在我們的治下的藝術，是頗爲多種多樣，既有價值不同的東西，也有從那內容看來，或從那沒有內容之點看來，和我們的理想，都在種種相遠的距離的東西的。

因此容易誤解，也容易着想，以爲將非社會主義底藝術，擴布於大衆之中，是不但無益，且將有害的。從由無產階級所蓄積了的經驗上，在這里是毫沒有挾什麼疑義的餘地的，然而總有誰容易陷在這大錯誤裏。現在也有——雖然頗少——無產階級和農民，陷在這錯誤裏的。然而往往在這里的，是和他們合體的知識階級的改宗者。

但是，已經出現了的社會主義底藝術的實數，目下很有限。倘若以爲我們將全藝術引到這樣的最小量裏來了，那麼，這就因爲將大衆的藝術底教化，放在頗不確實的根據上面了的緣故。

大衆的藝術底教化，是應該徹頭徹尾，放在廣大的根據之上的。

我們已經講過藝術的形式方面，自能致大大的利益了，惟有習得形式的完全——即可以觸到人類的感情，給他喜悅，呼起他美感和美感的形式，這纔能將所與的現象，引進藝術的領域去。

所以倘若我們離開藝術的內容，僅就形式，以及和內容相關聯的這形式而言，那大約就即刻懂得，只要是藝術的眞正的作品，即實際底地有強力的效果的作品，也無一能被我們所蔑視了。

關於各時代各民族的個人底和集團底天才，各以依社會制度而定了的手段，藝術底地來表現自己的心理這一個問題，到這里已經觸到了。而從野蠻人的木頭的原始底彫刻和古代的人類底旋律起，經過了在邉維陀的高潮時代，以至文藝復興期之間的藝術上的形式和流派的多數，是將藝術課目，直搬到大大的豪華了的。

誰肯來負布告的責任，說是無須教育無產者與農民，到詳細地知道人類的過去的一切時機呢？自然誰也不肯的，況且熟知藝術底形式，為增進大衆中的人類的藝術底活動起見，是極為重要的事。

內容上雖然不相近，而形式底地完成着的作品，從受動底見地看來，對於勞動者和農民，是只能給與半肉感底性質的漠然的滿足的，但在對於藝術底化身的深奧，有着興味的勞動者和農民，則雖是觀念底地，是應該敵視的作品，他們只要解剖底地加以分解，透徹了那構成的本質，便可以成爲非常地大的教訓。

其次，講到藝術底內容。

藝術——這是歌詠自己以及自己的周圍的，人類的巨大的歌。藝術者，是人類的縣縣不盡的抒情底而且幻想底的一篇自敍傳。倘有以爲殿堂，神性，詩，交響樂的興味，在於以文字表現着的巨人底的書籍，而不在和那藝術有直接關係的內容，於是不顧內容者，則那是多麼可笑的侏儒呵。

重複地說罷，在強健而生活底的階級。對於藝術全然是結着老衰底的形式底關係——這現象，是常見於早老底少年的——或則迷進現代藝術的無對象底傾向去，實在是毫無意味的。

藝術者，是藉那內容之力，將人類的社會生活，經一個人而使之反映出來的。這社會生活，無論在怎樣的時代，也無論在怎樣的國民，一定帶有支配底勢力階級的印記，或階級之間的主權爭奪戰的反映。

在這些階級之中，有和那爲了自由和幸福而使擾亂蜂起的勞動人民，非常接近的階級，也有僅由那目的和正在遂行這一端，和現在的實狀略有關係的階級，也有對於勞動底理想，在那本質上非深懷敵意不可的階級。

於是就發生了有使無產階級和農民，懂得過去的藝術的必要了，但所到達的結論，豈必是這僅以含有他們的精神底內容的藝術的範圍爲限麼？不是的，我想對於國民大衆的這樣的教育學底態度，是全然應該反對的。我完全確信，我的經驗也這樣教給我，出於大衆本身之中的鬪將，對於大衆，是並不顯示這樣自大的，保護人的態度的。這工作，全是文化普及的再發，的復興。最近爲止還是支配階級的團體出身的文化普及者。正在努力於將覺得爲了農民階級和無產階級，是教育底的東西，來和他們結合，而知識階級底團體出身的文化普及者却相反，在現在，在別方面加了太多的鹽，爲他們大衆設了新束縛。

過去的藝術，應該一切全屬於勞動者和農民。但在這方面，倘表示什麽愚鈍的無差別，那自然是可笑的。自然，我們自己，以及偉大的國民底講堂，對於可以奉獻我們的親愛的人們，都正在大加注意。但是，眞正的藝術的作品，即在必要的形式中，實際地反映着什麽人類的體驗的作品，而能够從人類的記憶上抹殺，或是作爲舊文化繼承者的勞動者的禁品者，是一種也沒有的。

將注意向着描寫那對於幸福乃至社會主義底正義的人類的追求，或對於世界的樂觀，對於黑暗界的鬬爭的藝術作品的時候，我們將在藝術關係上，看見高照着勞動大衆之路的眞實的篝火或明星的罷。他們勞動大衆，自然是點着燈塔，燒着自己們的太陽。而這些過去的遺產之作爲偉大的寶物，固然是暫時的事——但倘有看不透終局的淺人，或缺少意識的怪物出現，將勞動者和農民的視線，從這偉大的遺產隔開，或向他們講說些將眼睛只向着點在最近藝術的領域中的炬火的必要，那麼，在將遺產當作寶物的勞動者和農民，恐怕是要覺得大爲不滿的罷。

教育人民委員會作爲應該遂行的題目而辦理了的問題，就如上文所說。

從這些根據出發，教育人民委員會對於舊的事物和傳統——這些之中，過去生存着，並且由這些，而過去的偉大的藝術時代的藝術，能於我們所將前進的偉大的藝術期，給以感化——的保存，用了許多注意和勞力。

在往時的博物館•宮殿，公園和紀念物等的保護的領域上，在演劇目錄和劇場的好傳統保護的領域上，在圖書館，樂器，以及音樂底圖集保護的領域上，我們都任了國民底財產的周到的『活的』保護。活的——這要註解。這是因爲不獨保護，也含有將使人民大衆，易於接近的形式，附與於這些的事務的。

因國內底和世界底反動而起的反革命戰爭之給我們所負的悲慘的生活狀態，連呼吸一盤口氣的餘裕，也不給大衆，但可以說，我們却昂昂然，藝術能在實際廣泛的分量上，和這些大衆相接近了。

從別方面看來，則用了 Proletcult 創立和擁護的手段，在藝術領域中的造形底，音律底，文學底學校創設的手段，雖在非常困難的境遇之中，我們是總之，做了豫期以外的大事業了。

我們順着這路程前進罷。竭力來作許多的規範，使接近一切勞動人民那樣地，來作人類的藝術底自敍傳，以及竭力助勢，使這勞動人民在上述的自敍傳上，自去寫添貴重的紅的一頁——這是教育人民委員會在藝術教化的領域上的目的。

（一九一九年末作。）

其五　藝術政策的諸問題

（本文是在全俄藝術勞動者組合的大會上的演說。）

國家的藝術政策問題，是頗爲重要的問題。關於這事的我所做的嘗試，因爲和轉換爲新經濟政策一起，蘇維埃國家也樣樣地改變了政策，所以好幾回，被弄得百末粉粹了。終於還發生了這樣的問題；從馬克斯主義的見地，藝術可以稱爲觀念論呢，還是可以稱爲馬克斯主義底審美學呢？然而這問題，還完全是新的，不過剛在開始研究。初期的我們的諸先輩，幾乎沒有觸到過這問題。我們也是，要到確定那對於藝術的純正馬克斯主義底見解，還有相當的距離，但是，我們姑且脚踏實地，來觀察那關於藝術理論的提高了的趣味罷。

近來，關於藝術的蒲力汗諾夫(Plekhanov)的著作出版了，弗理契(Fliche)的論文集和亞筏妥夫(Arvatov)的書也已經印出，霍善斯坦因(Hausenstein)的，是正在印刷，我的『藝術研究』也出版了。出版者爭先恐後地在要求馬克斯主義者的關於藝術的論文，這事，是非常地徵候底的。這就是思想覺醒起來，已在向這方向活動的意思。而且從西伯利亞和別的地方，來了質疑，問對於無黨派底生活描寫的文學，我們應該取怎樣的態度，我也看作是徵候底的事。藝術的問題，在先前置之不顧的社會裏，議論起來了。凡有這些，是證明着在

最近的將來，對於藝術問題的實相，以及對於由此而生的實際，都將確定了明確的見解的。（註）

註：從說了這些話以來，這問題愈加進展，而且鞏固起來了，這有賴於同志託羅茲基的顯著的論文之處，尤爲不少。

所可惜的，是我們現在還不能埋頭於廣泛的題目，所以國家不得不將立刻能够實施的緊急問題放在前頭，而將我們的綱領暫且擱一下。據我所觀察，這樣的緊急問題有四種，卽：藝術底教化問題，藝術和產業問題，藝術和煽動問題以及藝術保護問題是。我想照這樣的次序，來講一講這些問題，並且說述些在這方向上的狀況是如何，我們所應該處理的問題是什麼。

一，藝術的教化——先從藝術底教化開頭。這問題，在全世界，是成着尖銳的問題的。最著名的藝術教育家之一的珂內留斯（Coinelius），關於德國，決定底地說過：在那地方，眞正的藝術底敎化的什麼方法、什麼藝術敎育學，都絕對底地沒有。在幾年以前出版了的著作裏，珂內留斯就已經搔着癢處地，指出我們之所感了。他說，『和傳統斷絕了的左傾藝術，並不帶着有什麼實際底性質的一定的旅行劵。然而不顧過去的經驗，則要在不遠的將來，在藝術敎育學方面放下什麼合理底的基礎去，是不可能的。代了傳統，而保存着雖於古之巨匠，也不肯模寫的惡習慣之間，舊的主義，是將被風刮着的罷。』

要證明這話的妥當，是能够引用許多的特長底的例子的。但我在這里，就提出兩個的例證。其一，是在歐洲的頽廢的厲害，竟至於已經沒有一個眞的巨匠了。例如，那被破壞了的萊謨斯寺院（註）的一部，非改修不可的時候，能辨這事的建築家，竟一個也沒有，只好不再想恢復。

註：法國蘭倫州的都會，以有壯麗的寺院著名——譯者。

別一例證，是前世紀的六十年代的事，當時羅羅曼坦（Fromentin）在那著作中，曾經歎息在法蘭西，沒有一個能够好好地臨摹戈霍（Gogh）的畫家。藝術家安台開爾曾在巴黎，勸誘巴黎學院的教授們，和他們在公衆之前，來試行怎樣地能够用了自己的手，模寫有名的人們的繪畫。然而這些教授們中，應這勸誘的却並無一個，口實是這些繪畫的價值，都比自己低。安台開爾說，大約因爲他們之中，誰也不能做的緣故罷，這話是正確的。現在在西歐的藝術雜誌上，會看見『對於古昔巨匠的憧憬』的表現，正不是無因的事。除了在偉大的巨匠那里，受着教養的方法以外，更不能有什麼別的教養方法，是不消說得的。在建築術，在彫刻，也都一樣，和偉大的巨匠應該是成爲那一派的門下生的一小家族那樣的關係。例如，在那時，則在萊阿那陀（Leonardo da Vinci）那里的馬各，陀吉阿納（Marco d' Oggiono）就是。

凡這些，作爲歐洲的藝術教育已經碰壁的例證，就都是極其特徵底的事。我們目下正遭遇着一樣的事情，共產主義者和接近共產主義的藝術專門家們，已經碰着了一件事實，就是一遇到在藝術底學校的教育法改革問題的時候，他們竟毫無什麼科學底方法，也毫無什麼科學底的教授的基礎。在這些學校裏，只養成一些和實生活切斷了的藝術家，對於我後來在藝術和產業問題一項下，將要講到的，養成那爲了完成大事業，作爲在工業和家內手工業的藝術底指導者的藝術家，却太不注意了。

在音樂學校裏的狀況，較好一些。音樂的教授，被構成於正確的基礎之上，即藝術的眞實的法則的研究之上，是明明白白的。實說起來，則雖是最猛烈的音樂的革命家，也不能從攝取的音樂底調和，全然離去。但是，總之，在音樂教育的領域上，我以爲也應該想一想或種的改革。這改革，已由同志耶服爾斯基（Yavorski）妥善地辦過了。由這改革，而教授被嚴密地分類爲學校別，即初等中等及高等，且使教授法和活的問題，換一句話，就是和不用物的除去，接近起來了。這改革．遇着了音樂教授團方面的反對。本問題是現在有再在使全俄藝術勞動組合參加了的委員會，再加審議，來徹底底地研究的必要的。據那最初的草案，則高等音樂學校，應該爲了卒業的技術者，成爲學術研究學校似的，但這原案，我想，還須有大大的修正。兒童音樂學校這方面，是幾乎遭了破棄．好容易支持住了。在一九一九年，這關係方面大有發展，音樂學校至於數不完，一下子開了十個上下的學校，所以這些就幾乎全無資力的保障。因此，在音樂的領域上那樣的被縮小，被廢止的，另外不見其比。然而在這樣的現象之中，却决沒有什麼破滅底的東西，我們從今以後，要逐漸地使他向於隆盛的，我們還决不可忘却了頗可喜的一種狀況，那便是在我們俄羅斯，合唱底歌謠，正以強大的速度在進步。在大的歡喜中，將近一千五百人的勞動聯合合唱團組織起來了。在這裏面，也有着無產階級的新的達成的端緒。

在最是多難底領域裏的，是造形藝術。我們在這方面，將綱領修改了好幾回，將委員會招集了好幾回，那結果，是近來做成了一篇令人發生頗為因循姑息的結構這一種印象的臨時底綱領。但我想，還很要熟慮一番。(註)倘將綱領分類為兩個根本問題，就是，將教授來科學底地方法化的問題，和使教授去接近藝術的生產底的活的目的的問題，則在前者的關係上，不能不說是大失敗了，還很覺愁，不知道可有從盆子中，和水一同將嬰兒倒掉了那樣的傾向沒有。然而這樣的事，是不會有的。況且說只有繪畫，雕刻，建築，不能在教室裏領會藝術的初等知識，是誰也不能相信的事。在這方面，倘不能也如音樂一樣，有可以集合在一定的教壇前的簡明的研究法，則在造形藝術的領域裏，眞正的方法學之不能出現，是當然的。我並不以爲在這方向上，年老的學究就辦不了相當的工作。年青的人們，所必要的，是首先不必以一切傾向爲問題，而只攝取那成着藝術和藝術職業的科學底基礎的東西，然後乃不但選擇傾向而已，也將今後可以師事的技藝者，完全自由地加以選擇。

註：唉唉，有了這豫言。委員會再在動手，然而困難却似乎並不減少。

在生產底技術的領域內，得着頗多的達成。至少，在這墨斯科，技術製作所（註）是得着大成功的。從紡績部陶磁部起，幾個別的部，都進着順當的路，而且於這事業，引聚了頗多的年青的藝術家。在這裏，也可以看出全俄勞動組合和國家的諸生產機關的密切的協調主義來。無論怎樣的外國人，倘去參觀技藝製作所，則評爲公平，是無疑的。只是我們須進行，不要被向着生產方面來了的現在的傾向，中絕了實際科學底的教育方法的熱烈的我們的探究。然而對於這傾向，也不可熱中到一直線地突進的。生產底傾向，是最重要的問題。藝術家底生產家，爲國民所必要的事，此後國民也將愈加深信不疑的罷。因此，所謂純藝術家的數目，也將很少地被限定的罷。就是，惟獨具有特別的本能的人們罷了。

註：人民教育委員會附屬的製作所——譯者。

關於演劇教育事業，我們也開了幾回使優秀的演劇的識者參加在內的會議。確定了的根本原則，理論底地呢，是很出色的。在戲劇藝術，則要類別斯道的初步和可以成爲演劇的基礎的東西，於演劇史等，也要加以類別，還有，是創設研究所，使和這些相對立，叫大學生去做研究員，無論什麼劇場裏，使他們都直接去參加，能够自由地研究。藉此以圖一方面，是個性化，別一方面，是智識的標準化和可能之大的體型化——這就是根本題目。一切人們，都應該是演劇底識者。但也和在造形藝術的領域裏一樣，要做這事，是極其困難的。因爲還沒有依據了什麽，確定着略略可以滿足的原則。那證據，是雖在比較底地親近於這問題的藝術劇場和小劇場，也還不能在自己的學校裏，設起一般底的豫科來。我知道有以俄國演劇自負的這體系的兩個好的代表者，有這樣的交談。一個說，『你那裏，是不會說俄國話的呀。』於是別一個答道，『與其採用你的學校裏的學生，倒不如從市場上領來的好哩。』就這樣，一面所自負者，在別一面却全不中意。所定了的這領域內的綱領，於我，是給了好像什麽東西掛在空中一般的有所不足的印象。那原因——一部分是舊習慣，一部分是追求和未受檢查的更改，所以，假若這更改是並不偏頗的，那麽，歸根結蒂，這更改就是實驗，是生體解剖，這生體解剖，只好希望他多多結實罷

了。（註）

註：在現在，綱領問題是已經解決，可以比較底滿足了。

所以我想，作爲應該協助藝術教育部的理論底機關的國立學術委員會，在這關係上，當然非更加堅固不可。否則，便和『織而不拆，拆而又織』的沛內羅巴（Penelopa）的織物，毫沒有什麼不同。

要之，在藝術教育領域內的國家的問題，是和革命後的初期一樣，停滯着。第一，對於有天才的人們，有加以援助，使達於那創作底工作的頂點的必要。其次，有養成可以應付實生活的藝術底需要的許多藝術勞動者的必要。還有，有養成大多數的在藝術的全領域內的教育家的必要。而最後，則有將教授的體系和綱領，加以整理的必要。再說一回：音樂教育的現況，是還有點良好的。但演劇和造形藝術的教育狀況，却相當地壞。

二，藝術底產業和藝術底生產問題＝當移到其次的藝術底產業和藝術底生產問題去之際，先有將這些用語的意義，加以說明的必要。

有人這樣地解釋——我們應該只生產有用於日常生活的東西。他們說，生產水注，桌子，鐵路，機械，是好的，但繪畫却不行，因爲繪畫毫不副什麼功利底目的。雖有一定的重量和形體，然而這不是物品。但是，便是繪畫的東西，可以盛你的東西的施了彩色的小箱子，和除看之外沒有用處的繪畫之間，那自然也有一些什麼區別存在。因爲這樣的藝術，即純藝術，只爲了滿足審美底要求，是有用的藝術，所以在我們是不必要的。而且他們又說着，這是資產階級底，封建底，司訶拉思諦克（Scholaftie）的藝術，但我們却將只生產功利底物品云云。然而，幸而是說着這話的人們，還並非全都是至於固執此說那樣的愚鈍。

『喂，同志，所謂進行曲，是怎樣的東西呀？進行曲是有益的東西麼？』去問赤軍兵卒試試罷。他將要回答，『有益的東西呵。』然而他並不是什麼掛在稱鈎上，比較過了的。

於是就發生了必要，是規定所謂生產，是怎樣的事來，那麼，繪畫不是生產麼？我們是在對於有益的物品的產業，對於生產，以及對於生產品的藝術化而言，還是我們僅將人所製作的一切東西，統謂之生產呢——有將這加以區別的必要。

可是又有拿出『藝術是有益的物品的生產』這無理之至的公式來的人，恰如產業是指無益的物品的生產似的！

不消說，壺，是有益的物品，那麼，在這上面有加以花紋的必要麼？倘不然，從這里盛出來的羹湯，是不可口的罷。人類將無益的物品，造得很多，或者在物品上添些花紋，使牠體面，加上無益的性質去，這樣一做，較之沒有花紋的壺，有花紋的壺在市場上價值就更貴，在這里，卽起了藝術問題。

所謂藝術底產業者，是在功利底意義上的有益的事物的，全不是單單的藝術底生產。反覆地說罷，可以煑粥的壺，也是有益的。但繪畫，却並非有益於日常生活的物品，然而，總之，却也不能說這於我們是無益的。凡有啟發人類的本性，以及構成人類的生活，使他更自由，更快樂的這類一切，當然都屬於有益。所以有特地將有益的事物的藝術底生產，從本來的意義的藝術，區別開來的必要，同時又有不將這通稱爲藝術底生產，而稱爲藝術底產業的必要

那麼，這藝術底產業的目的，應該是怎樣的呢？這目的之龐大，是毫無可疑的餘地的。將藝術底產業的價值看低，是大罪——這也是無疑的。再鄭重地說罷——藝術底產業，是藝術的最重大的課題

馬克斯主義教給我們的根本目的，是怎樣的事呢？那並非廣告世界，而是改造世界！惟有藝術底產業，乃正是世界的改造。從變更地球之形的開鑿地峽，建設都市起，以至杯子的新樣式止，就都成爲藝術底生產的。產業的目的，——是人類能够在世界上最容易滿足自己的慾望地，以變更世界。然而人類還有一個慾望——是要愈快地生活，有趣地生活，緊張而生活這一個慾望。這慾望有怎樣地重大，由下面的事就明白了。就是，假使我們爲了人類，創造起尼采所說那樣的樂園來，實現了衣食的饜足，那麼，最初，是生活於饜足之中的，但到後來，怕就要現出和那尋求可以自給之處的幸福者毫不兩樣的局面的罷。對於生活的嫌惡，會竟將人類變成愚昧的罷。而且會生出單爲了喫而活着的人類來的罷。

『有益的』云者，是什麼意思呢？有益的東西云者，是啟發人類的本性的東西，爲人類解放較多的自由的時間的東西。『爲什麽？』『爲生活。』有益的一切東西，於構成享樂底生活的下層建築。倘若人類不行享樂，這是無味枯燥的生活。然而，人類的全目的，是在爲自己建設沒就樂趣的好生活麽？那就恰如只有小菜，而沒有兎肉一樣。所以人類不但要有益的東西而已，先有變更事物，以得幸福的必要，是全然明白的事。由這目的，石器時代的人類，便將自己的壺加以彫刻了，爲什麽呢，因爲這樣的壺，給他較多的幸福的緣故。

人類，是於一切的東西上，加以獨特的性質，獨特的律動和勻衡的。人類，是爲要生活得更加緊張，將從生活所受的印象之量，系統底地增高的。

藝術底產業，是百分之九十九的被完成了的製造品和百分之九十九的有益的物品，爲要使這些成爲觀賞底，再加上百分之一的東西。

藝術底產業，可以分這爲三個根本底種類——

第一種類——是藝術底構成主義，是藝術將產業完全融合了的時候，乃被實現的東西。有着幾何學化了的特種的趣味的藝術家底技師，能够以種種線的調和底結合爲基礎，而造作美的機械。例如機關車之改得更美，更善，也就大概出於這主義的應用的精神的。

在構成主義，是常常有目的的，也非有不可。所以倘若我們的或一藝術家，當經營那構成主義底繪畫時，不過損傷了取材，則不能稱之爲眞正的構成主義，是當然的事。於是就成了這樣的事：藝術家不去教技師也好，却反對地，藝術家應該問技師去受教。倘諸君到構成主義者們的展覽會裏去看一看，那麼，在那地方，除了大大的驚異之外，恐怕什麼也感不到的能。然而諸君如果去看阿美利加的優秀的工場，則在那裏，就要實際底地看見崇高的美。

藝術底產業的第二種類——這是施了裝飾的藝術底產業，就是裝飾化，但是，在一面，又存在着否定裝飾藝術的傾向，又有一種見解，以爲什麼彩色鮮穠的羽紗或包袱，是小資產階級趣味，但這却並非小資產階級趣味，而是國民趣味。從古以來，國民底的衣服，是用濃重的色彩的，但小資產階級是清教徒，是奎凱（Quaker）教徒，他們將現在諸君所穿那樣的彩色或灰色的陰鬱的無色彩的衣服，使我們穿了起來。熱心的小資產階級曾經說過，『神呀！從美，來保護人們罷，美，是香得像神，像祭司一樣的。』這是小資產階級精神的表徵。這精神，從說了『雖一分時，我們也將不爲美所捕捉，連我的最後的一文錢，也都貯蓄着』的弗蘭克林起，桑巴德（Werner Sombart）之輩也都寫着的，這是小資產階級精神的表徵。

我們因爲窮，也許，非穿破爛衣服不可也難過。然而，這是因爲窮的緣故，倘使不窮，倘使我們努力起來。要使勞動者，女性勞動者的生活，以及農夫農婦的生活成爲較爲快樂底，則那時候，將歡迎這該得詛咒的灰色，還是歡迎鮮明的愉快的色采呢？當然，是後一種，我們的優秀的藝術底創造力，將要造出卓越的愉快的體型來，是無疑的。小資產階級底貯蓄，和無產階級毫沒有什麼共通之點。新支配階級，不是貯蓄底，而是創造底。

我們應該在我們的學校裏，教育那將來成爲陶磁工場，羽紗工場，金屬加工工場的藝術家，而在粘土，金屬和木製品上，加上滿是喜色的外觀去的人們。凡在製造日用物品的一切無產階級，都應該有相當的藝術底教育。

還有，對於藝術底家內手工業，也應該加以注意。並且有顧到這在不遠的將來，要占外國輸出品的重要的位置，而加以幫助，廓清，更新的必要。應該使圍繞着藝術底產業的這些全景的勞動大衆和藝術家覺醒起來。

三，煽動底藝術問題，藝術的重大的問題，是煽動問題。有人斷定說，於煽動底藝術，應該適用生產的原則（例如傳單生產）凡藝術家，應該只應着囑託而作工。但是，這就成了這樣的事：今天台儀庚（註）來囑託我，則我爲台儀庚畫，明天蘇維埃主權來囑託，那就給蘇維埃主權畫了。這樣的藝術，分明只能偶然地有煽動底意義，恰如諸君偶然不得奶油，却得了甘油一般。即使能够畫無可非議的傳單，然而看了這個，人們的心並不躍動，這是無用的冷淡的藝術的標本。眞可以信賴的藝術家云者，是有着有所欲言的氣概，能够以心血創作藝術的藝術家之謂。只有浸透在我們的世界觀裏的藝術，這纔能够造眞正的煽動藝術。在現在，我們也已經看見了僞造的煽動藝術正在逐漸消滅的現象。

註：Deni Kin 是十月革命後，反對蘇維埃國家的將軍——重譯者。

那麼，煽動藝術這句話，應該怎樣地解釋的呢？藝術的幾乎全領域，至少，是眞正的藝術的全領域，而離產業底藝術及其目的愈遠，則在煽動藝術。然而在這里，所謂藝術者，並非共產主義底煽動藝術的意思。藝術者，許是惡魔底的藝術也說不定。幾乎一切的藝術，對於我們，是有着或則有害，或則有益有煽動的萌芽的，而且藝術者，又常是煽動底的。以爲只有傳單是煽動藝術，而正式的繪畫並非煽動底者，那是完全的錯誤。

共產主義者煽動藝術，是共產主義者的藝術。他們也可以不隸屬於黨派。但對於事物，則非有共產主義底見地不可。那麼，惟有這樣的煽動藝術，於我們是重要的麼？不然。和我們的世界觀並不一致，然而在或一面有着接觸點的藝術，於我們也是重要的。例如戈果理（Gogol），不是共產主義者，但因此便以爲他的『巡按使』和我們沒有關係，是不得當的。引用別的例子。試看文藝復興期的偉大的巨匠的一種名畫，則其中就有一定的『煽動』，但和這一同，也有一定的宗教底要素（例如畫着活的神女的）。這自然不是無產階級底繪畫，或者也可以說是可憎惡的東西，有害的東西。然而對於這繪畫的積極底方面，却有奉獻女性美的讚頌的必要。在這樣的關係上，這瑪頓那（Madonna），是有大大的意義的，我們可以立即斷定，這樣的藝術，於我們最爲有益，恰如雖然是『宗教底』，但作爲人類的組織體的或種理想，我們給以價值的亞波羅（Apollon）之有益一樣。

對於我們有反感的階級的煽動，我們必須加以禁止，是當然的。在我們的革命期中，我們不能實施煽動的絕對自由。而且在這里，還必須大大的機微和大大的留心。有知道藝術史與其趨勢的必要，應該知道着自己們的敵人。而且必須使他成爲無害，在或一階段上中斷。爲要實現這目的，就創設了文藝出版委員會。卽使說個不完，說檢閱是可恥的，對於這，我却要說，鎗劍隨身，在社會主義底制度的條件之下，是可怕的事。不是沒有法子麼？我們暫時非背着鎗劍走，是不行的。在不遠的將來，不用這個的時期，是會到來的罷，但在現在的俄國，却是蒲力汗諾夫說過那樣，『非各人都會放鎗不可』的，在這意義上，檢閱便是這樣的武器，應該能够完全地利用這武器，然而單因爲不是共產黨員這一個理由，向通行者亂開手鎗那樣的事，那自然不對的。

革命當時，赤衞軍，勞動者和農民等，很爲煽動底演劇所吸引了。但戰事一完，新經濟政策一出現，這煽動底生活便幾乎並不留下一點什麼痕迹。連傳單也少了起來。約略一看，恰如在這領域裏，出現了退步似的。但是，自然並不如此。爲什麼呢，因爲目下正在成長的藝術，是有價值的大的新藝術的緣新。

音樂的領域內的狀況，稍爲不佳。在我國，有許多的節日。這些節日，我們的運動者，都完結在自己委實不能不感到恍忽的靈感底氛圍氣之中。大衆底行列，有時候則大衆底演劇，是舉行的，然而一個作曲家，數千人所成的這些的合唱隊，却沒有出現。幾篇音樂底作品，好像是已經寫作了的，但這也到底還不是報春的鶯兒。

在傳單界，有着出名了的若干的人們，台尼(Denio)，摩勒(Moll)等，幾乎爲所有蘇維埃市民所知道。可以成爲重要的中心的未來，爲他們所有的新協會(革命俄國藝術家等的)，已經創立了。以應對生活的具體底要求，作爲內容的新傾向，可以看見。而且。凡這些之所顯示，是在這領域，即最需要紀念品和壁畫的造形藝術界，我們有着大大的課題和大大的可能性。現在早有向這加以注意，創造那所期望的中心的必要了。

在文學上，這氣運尤其顯著。自然，在我們的文壇上，目下所創作出來的東西，也並非是好的，共產主義底的，然而我們所目覩的或一文壇的或種旺盛，以及間或發表大作品的天成的詩人和戲劇作家之出現的事，是不能否定的。

所可惜者，在一併抱擁着文筆家的文壇的這一大領域上，我們還沒有中心點。我們關於這問題，有加以講究的必要。

前些時，台明·培特尼（Demian Bednu）得了赤旗章了。全俄中央執行委員會由了這事，證明了通俗底的明瞭的藝術之最爲重要。這是應該在各人的念頭上的事。只有明瞭而誰都能懂的藝術，我們纔可以奬勵的。台明·培特尼是天才底地做到了，他總有些像涅克拉梭夫（Nekrassov），但他以自己的創作，吸引着勞動讀者的廣汎的層。我並不說，回到六十年代的藝術去，但我想，却有好好地研究那時的東西的必要，因爲在那里，我們所非學不可的東西是很多的。

關於傳單，有使這可以長留紀念的必要，同時又應該將煽動藝術的中軸，放在近於寫實派的地方。關於這問題，是還有大大的異論的。我曾經常常說，這是，『總之，給一切獸類以生活，給一切草木以生長能——並且看那成果罷。』有着非拔不可的雜草的事，到現在，也分明起來了。是拔掉牠的時機了，是在政治敎育局內，在藝術蘇維埃的形式上，創設藝術底的惟一的中心的時機了。作爲那部員的，則應該是國家底，政黨底，勞動組合底諸機關的代表者，並且添上那給與了大的資格，和我們親近的權威者的一小部分的人們。而且有作爲這蘇維埃的任務，來審議那些有着原則底性質的諸問題以及計畫底綱領的必要。

最近的蘇維埃大會，沒有施行關於電影問題的特別的審議，但那價值，是識得了的，是認定着的，但是，對於這，我却想，雖然電影的復興的步調，大體總算有些前進，其一部分，也成着國辦事業，然而那實狀，却決不是可以樂觀的。還是兩年以前了，苻拉迪彌爾，伊力支（列寧）曾叫了我去，說道，「一切我國的藝術之中，爲了俄羅斯，最爲重要的，是電影。」使國辦的電影製作事業不至於荒廢那樣地，並且不成爲植民化了的西歐資本那樣地，以講究勢力底方策，那自然是必要的。

關於亞克特美（學院）藝術，來說幾句話。倘使諸君同意於我在本講演所說的電影藝術的定義，那麽，當然要說的罷：所謂純藝術，是怎樣的東西呢？這，是指那因爲煽動力薄弱，或者全不以煽動爲目的，純藝術——作爲以裝飾爲目的的結果，而煽動成爲無益或無害的藝術而言的。例如，第一研究所的「悍婦的馴服」，是偉大的東西。在莎士比亞，這作品是所煽動底意義的，他用這來教訓喜歡爭鬧的女人們，使她歸於真的女性。但在我們，則這傾向豈但不能容納而已呢，還是可以嫌惡的。然而我們仍然看着這劇本，而且愉快地笑着。這事的意思，就是這是引起好奇心的展覽品，宛如我們洗浴，頗爲愉快一樣，是最愉快的展覽品。但自然，這並非煽動藝術。和這些一道，空虛的藝術也還很旺盛。

許多的愛和才能，被塞在非常地空虛的東西之中，是常有的事。他們之中，沒有煽動底色彩，他們並不說可以敵視的觀念形態，但愉快，有趣，給人安慰。將這從形式底藝術的見地來看的時候，是也可以有一種意義的罷。對於這樣的藝術，國家應該取怎樣的態度呢？對於這，只有漠不關心而已。然而，無產階級國家，對於這却不能始終守着全然漠不關心的態度，爲什麼呢，因爲在這樣的東西之中，爲了純正藝術，我們所必要的形式是被保存着，被完成着的。我們正在偉大的寫實主義底演劇的復興的黎明期，但我們不可像初生的嬰兒一樣，摸索着彷徨！有講究採用舊的寫實主義底演劇的方法的必要罷。也有知道在舞臺上，完全地演出人生來，應該怎地辦理的必要。一面應該斷然阻止那躲在藝術之形裏，而作對於我們有敵意的煽動和宣傳的東西，而洗鍊了的藝術，則同時也應該加以保護。在現在的我們的根本題目，是中央國立革命劇場——那舞臺裝置，是容易運到鄉下的舞臺去的廉價而且藝術底的舞臺裝置。並非輕薄的煽動，而是能演藝術底大戲曲的——劇場的創設。

我在這講演裏，沒有能夠很觸到實際底諸問題。從中，對於最重要的問題之一的俱樂部，則全然未能提及。我們近來，在努力於謂『教化之家』的俱樂部和政治教化諸機關的組織了。藝術家的重大的任務之一，是這些俱樂部裏的節日和夜會的節目單子，要愼重地編製。

我在這講演裏，關於各地方，所講的非常之少。諸君的這大會，是爲了各地方的藝術生活的開發，將有大大的效果的罷。我們曾經向地方提議過，地方可以各就所知，着手於這事業。但在今日，已到了可以構成那觀念底指導機關的時機。自然，關於物質底援助呢，此刻也還沒有值得提起的事。所以，是有將我們的自給足力，放在更廣的軌道上的必要的。

應該將大劇場的大部分，合一於企業聯合。和這相關聯，也應該施行人物的移動。倘若有些演員，有些勞動者，當改建企業於自給自足之上，而不能勝任，不相適合者，就有任命別人以代之的必要。那時候，眞的興旺纔開頭，例如，國立出版所就是，對於國辦電影公司，也希望有一樣的結果。

諸君也都知道的，在我們，未曾着手的工作還很多。我想，中央藝術局的設置，所以就最爲合理底了。但是，一考察構成上，財政上的事，又恐怕這樣的公署的增設，暫時並無把握。只是藝術教育部，全俄藝術勞動者組合和國立學術委員會，却如沛內羅巴的織物那樣地，一直織到現在了，爲織成這織物起見，應該結合起來，並且有將這結合了的，創設在政治教育局裏，使於藝術事業關係最多的人們，接近國家底，黨派底，以及勞動組合底機關的必要。惟在那時候，我們纔能突進於惟一的藝術機關罷。而且惟在這時候，我們纔能够實現底地，及影響於藝術的開發。爲了盲目者，這也終於分明地成爲惠澤之力的罷。

關於馬克斯主義文藝批評之任務的提要

一

我國的文學，現在經過着那發達之一的決定底的機運（Moment）。在國內，新的生活正在被建設。文學，是見得好像逐漸學得反映這生活于那未被決定的轉變的姿態上，而且能够移向較高度的任務，即對於建設過程的或一定的政治底，尤其是日常生活底道德底作用去了。

我國所顯現的種種階級的對立，雖說比別的諸國都要少得遠，然而那構成，却决不能以爲是單一的。卽使關於農民底和勞動者底文學的傾向已經有些不同的必然，置之不論，而在國內，也殘留着有舊的習性的要素——或是和無產階級獨裁全然不能和解的，或是無論如何，雖於勞動者的社會主義底建設的最基本底的傾向，也不能適應的諸要素。

這舊和新之間，繼續着鬬爭。感到歐羅巴的影響，過去的影響，舊支配階級的遺留的影響，或一程度，展開於新經濟政策的地盤之上的有產階級的影響。這些東西，不但在個個的集團和個人的支配底氣分之中而已，且在一切種類的混合之中感到。忘却了在有產者底意義上的直接底的所謂意識底地敵對底的潮流之外，還有恐怕更危險的，總分明是更難克服的要素——小市民底日常生活底現象的要素，是不行的。這小有產者底要素，雖在無產階級自身的日常生活底諸關係之中，往往且在共產主義者自身的本性之中，也十分深深地侵入着。惟這個，就是在負着無產階級的社會主義底努力的符印。爲了建設新的日常生活而鬪爭的形式上的階級鬪爭，所以不但不被減弱，却更以先前的力，逐漸取了纖細的深刻的形式的原因。這些事情，就使藝術——尤其是文學——的武器，在現今成爲極其重要的東西。然而這些，和無產者以及與之相近的文學的出現一同，也喚起敵對我們的要素——其中我們不但包括意識底地，決定底地敵對底的東西而已，也並含着例如由於那消極性，那悲觀主義，個人主義，偏見，歪曲，等等，而無意識底地敵對底的東西——的文學底反映。

二

在這狀況之下，在文學所當扮演的那大的職掌的條件之中，馬克斯主義文藝批評，在那責任上，占着極高的地位。那是無疑地負了使命，現在當和文學相偕，成爲向着新的人類和新的日常生活之生成的過程的，強有力的精力底的參與者了。

三

馬克斯主義文藝批評，首先第一，不得不有社會學底性質，而且不消說，還是在馬克斯和列寧的科學底社會學的精神上的這性質，在這一點，就很和別的一切批評不同。

往往立了文學的批評與其歷史的任務的差別，而將那差別，較之區分爲過去的研究和現在的研究——倒是在文學史家，則以所與的作品的根據，在社會底構成之中的那位置，對於社會生活的那影響的客觀底研究爲必要；在批評家，則以從那形式底或社會底價值以及缺點這些見地，加以觀察了的所與的作品的評價爲必要地，區別起來。

這樣的區別，於馬克斯主義者，批評家，是喪失他幾乎一切之力的。在言語的特別的意義上的批評，雖然作爲非有不可的要素，入於馬克斯主義者之所完成了的批評作品之中，然而雖然如此，成爲更其必要的基本底要素者，則是社會學底分析。

四

這社會學底分析，在批評家，馬克斯主義者，是依着怎樣的精神而施行的呢？馬克斯主義之看社會生活，是作爲那個個的部分都互相連繫着的有機底全體，而演那決定底職掌者，是最爲物質底的，最合法則底的經濟關係，首先第一，是勞動的形態的。例如當或一時代的廣汎的究明，批評家，馬克斯主義者卽應該努力於給與全社會發達的完全的光景。但在個個的作家或作品之際，却未必一定有究明根本底經濟底條件的必要。因爲在這里，是那也可以稱爲蒲力汗諾夫原則的常在作用的原則，以特別的力而顯現着的。他說，——凡藝術作品，只在很少的比量上，直接地依據於所與的社會的生產形態。那是經由了別的連環，卽成長於社會的階級構成和階級底利害的地盤之上的階級心理，而間接地依據於那個（生產形態）的。凡文學作品，常常意識底地，無意識底地，將所與的作家是其表現者的那階級的心理，或者往往將那若干的混合——這是對於作者的種種的階級的作用的顯現，這是以細心的分析爲必要的——反映出來。

五

和某幾個階級或有着廣汎的社會底性質的大的集團的心理的連繫，在各藝術作品，大抵由內容而被決定。是言語的藝術，且是最近於思想的藝術的文學，以比起別的藝術來，內容和那形式相比較，在那裏面含有較多的意義爲特徵。在文學，正是那藝術底內容，即含在形象之中，或和形象相聯繫的思想和感情的川流，作爲全作品的決定底要件而顯現。內容自在努力，要向一定的形式。可以說，對於一切所與的內容，是只有一個最後的形式，相適應的。作家多多少少，總能够最明快地顯示出使他感動的思想，現象和感情，發見對於那作品之所供給的讀者，給以最強的印象那樣的表現形式。

批評家，馬克斯主義者於是首先第一，將作品的內容，裝在那裏面的社會底本質，作爲那究明的對象。他將和某幾個社會底集團的聯繫，含在作品中的暗示之力所將給與社會生活的作用，加以決定，然後移向形式，——首先第一，是那基本底目的和這形式的適應的程度，即從闡明這於最高度的表現性，由所與的內容以向讀者的最高度的傳染性，是否有用的觀點看來的形式。

六

但是，馬克斯主義者倘將常常不可忘卻的文學底形式之研究的特殊底任務，加以否定，是不行的。在實際上，所與的作品的形式，決不僅由那內容而已，還由於幾個別的要件而被決定。思索，會話的階級底心理底習慣，可以稱爲所與的階級（或是將影響給與於作品的階級底集團）的生活樣式的東西，所與的社會的物質文化的一般底水準，隣邦的影響，能顯現於生活的一切方面的過去的惰性或更新的渴望——這些一切，都能够作爲決定形式的補足底要件，而作用於形式之上。形式是往往不和作品，卻和全時代及全流派相連結的。這且可以成爲和內容相矛盾，而害及內容的力。這有時能從內容離開，而取獨自的，幻影底的性質，這事情，發生於文學作品將失了內容，怕敢活的生活，竭力想靠了大言壯語底的飽滿了的，或則相反，小小的有趣的形式的空虛的游戲，將生活從自己隔離的階級的傾向，反映出來的時候。這些一切的要件，都不得不歸入馬克斯主義者的分析之中。與讀者所目覩，在一切好作品，形式全由內容而被決定，一切藝術作品，都向着這樣的好作品努力，——從這直接底公式所脫落的這些形式底諸要件，牠本身決不是從社會生活截斷了的東西。那是，這也應該尋出社會解釋。

七

到此為止，我們大抵往來於作為文藝科學的馬克斯主義批評的領域裏了。在這里，馬克斯主義者，批評家，是作為將馬克斯主義底分析的方法，特殊底地適用於這領域——文學的社會學者，而活動着的。馬克斯主義文藝批評的建設者蒲力汗諾夫，曾經竭力張揚，以為惟這個，纔是馬克斯主義者的眞實的職掌。他曾確言，馬克斯主義者之所以異於例如『啟蒙學者』的緣由，即在『啟蒙學者』課文學以一定的目的，一定的要求，從一定的理想的觀點來批判，而馬克斯主義者則說明一切作品出現的合法則底原因之處云。

蒲力汗諾夫既不得不使客觀底，科學底馬克斯主義底的批評的方法，和舊的主觀主義或耽美底胡塗以及食傷來對立，則在這一端，他自然不獨是正當而已，於定出將來的馬克斯主義批評的眞實的道路這事上，也做了巨大的工作。

但是，以爲無論有怎樣的事，也只究明外底事實，而加以分析，是無產階級的特性，却是不能够的。馬克斯主義決不單是社會底教義。馬克斯主義也是建設的積極底的綱領。這建設，倘沒有事實上的客觀底領導，是不能設想的。倘若馬克斯主義者對於環繞他的諸現象之間的連繫的客觀底決定，沒有感覺，則他之爲馬克斯主義者是完結了。然而，從眞實的，完成了的馬克斯主義者，我們還要要求對於這環境的一定的作用。批評家，馬克斯主義者，並非將從最大到最小的東西的文學底星座的運動的必然底法則，加以說明的文學底天文學家。他又是戰士，他又是建設者。在這意義上，評價的要素，在現代的馬克斯主義批評裏，即應該列得極高。

八

應該放在文學作品的評價的基礎上的規範，該是怎樣的東西呢？首先第一，從內容的見地，以走近這個去罷。在這里，問題是大體很明白。基本底規範，在這里，是和在無產者倫理上所說的東西一樣的，——就是，有助於無產者的事業的發達和勝利的一切，是善，害之者，是惡。

批評家，馬克斯主義者應該努力於發見所與的作品的基本底社會底傾向——牠的意識底地或無意識底地在瞄準，或在打擊的東西。批評家，馬克斯主義者應該適應着這基本底，社會底，力學底支配調，以作一般底評價。

然而，雖在所與的作品的社會底內容的評價的領域裏，問題已決不單純。對於馬克斯主義者，要要求大的熟練和大的感覺。在這里，問題不只在一定的馬克斯主義底教養，而在關於無此則不會有批評的一定的才能。倘若問題是關於眞實地大的藝術作品之際，則應該計量到很多的不同的方面。於此要靠什麼檢溫器或藥局的天平，是極困難的。於此所必要者，是可以稱爲社會底感覺這東西。否則，謬誤是必然的事。例如，批評家。馬克斯主義者倘只將課了全然實際底的問題的作品，看作有意義之作，就不行。並不否定當面的問題所提出的特殊的重要性，個將一看好像很普通，或是不相干，而實則仔細地一檢討，乃是影響於社會生活的問題之所提出的巨大的意義，加以否定，是絕對地不可的。

我們於此，有和關於科學的相同的現象。要求科學完全埋頭於實際底任務，是深刻的謬見。縱是最抽象底的科學底問題，這到解決了的時候，便常常成爲最有實益的東西，這事情，是已經成了ＡＢＣ的了。

然而，作家或詩人，在本質上（倘若他是無產者作家），努力於文化的基本底發軔的無產者底再評價，一面將一般底的任務，放在自己之前的時候，批評家卽易於自失。第一，在這樣的時候，我們常常還未有正當的規範。第二，在這里，假說，而且是最大膽的假說，也會成爲有價値的東西。何以故呢，因爲問題是並不在問題的決定底解決，而在那提起和那加工上的。但是，或一程度爲止，這些一切，能够加在純實際底文學作品裏。在自己的作品上，說明我黨的綱領的已經做好的條項的藝術家——是不好的。藝術家者，因爲他揭出新的東西來，因爲他憑那直感，以浸透統計學和論理學所不能進去的領域，所以可貴。要判斷或一藝術家是否正當，他是否正當地聯結了眞實，卽共產主義的基本底努力，決不是容易事，而在這里，眞實的判斷，大約只形成於各個批評家和讀者之間的意見的衝突之中的罷。這事，毫不減少批評家的工作的重要和必要之虔。

在文學作品的社會底內容的評價上，極其重要的問題，是將最初的分折時，列入了和我們不相干，有時是和我們相敵對的現象之數之中的作品，加以對於我們的價值的第二段底審議。其實，明白自己之敵的心情，是極要緊的，利用不從我們同人中來的證人，也要緊的。凡這些，有事使我們引出深刻的結論，而且兩者都將關於我們的生活現象的知識的寶庫，非常之多地豐富起來。批論家。馬克斯主義者無論當怎樣的時會，都不應當以爲或一作品或或一作家，例如，是代表着小市民底現象的，那結果，便將那作品一脚踢掉。往往雖然如此，而應該從中引出大的利益來。因此之故，非從所與的作品的已經產生和傾向的見地，而從利用這於我們的建設的可能與否這一個見地的再評價，乃是批評家，馬克斯主義者的直接的任務。

聲明在這里。在文學的領域上和我們疏遠的，從而還和我們敵對的現象，這雖在其中含有上述的意義上的幾分利益的時候，也無須說得，會成爲極有害的，有毒的東西，會成爲反革命底宣傳的危險的表現的。在這里，不消說，登場的便已經不是馬克斯主義批評，而是馬克斯主義檢閱了。

九

批評家。馬克斯主義者一從內容的評價，移向形式的評價去，問題大約就更加複雜起來。

這任務，是極爲重要的。蒲力汗諾夫也張揚這重要性。成爲這種評價的一般底規範者，是什麼呢？形式之於那內容，應該最大限度地相適應，給以最大的表現力，而且保證着於那作品所向的讀者的範圍，給與最強的影響的可能性。

在這里，首先第一，有記起蒲力汗諾夫也曾說過的最重要的形式底規範——就是，文學是形象的藝術，一切露出的思想，露出的宣傳的向那裏面的侵入，常是所與的作品之失敗的意思這一個規範來的必要。不消說，這蒲力汗諾夫底規範，也並非絕對底的東西。現有犯這規範的例如雪且特林(Shichedrin)．烏司班斯基(Uspenski)和孚爾瑪諾夫（Furmanov）的優秀的作品。但這事，除了能有美文學底政論底性質的混合型的文學現象這意義以外，更無所有。以全體而論，總之是應當警戒的。自然，獲得了出色的形象底性質的政論，是宣傳和廣義上的文學的堂皇的形式。然而反之，爲純政論底要素所充塞的藝術底文學，却縱使那判斷怎樣地出色，也大抵使讀者冷下去的。倘若內容在作品之中，並非由形象的被鎔解了的輝煌的金屬的形相所鑄成，而是成了大的冷的團塊，突出在這液體裏，則在上述的意義上，批評家能够以完全的權利，指摘作者於內容的藝術底加工之不足。

從上記的一般底的事，流演而出的第二的部分底規範，是作品的形式的獨白性(Originality)。這獨自性云者，是什麽呢？那是在所與的作品的形式底肉體，和那內容溶合於不可分的全體這事之中的。眞實的藝術底作品，於那內容，自然應該是新的東西。倘在作者那里，沒有新的內容，則那作品的價値就少。這是自然明白的事。凡藝術家，應該表現在他以前所未經表現的東西。曾被表現的東西的重做（這事，例如在有些畫家們，是不容易懂得的），並不是藝術。那往往不過是極其細緻之品的那細工。從這見地，而作品的新的內容，對於那作品，則要求新的形式。

怎樣的現象，是和這眞實的形式的獨自性對立的呢？第一，是於新的構想的眞實的具象化，有所妨害的定規。有些作家　，會成爲先前所用的形式的俘虜，那時在他，縱使內還是新的，然而裝在舊的袋子裏。這樣的缺點，是不得不指摘的。第二，是形式獨獨微弱的時候，就是，雖然有着新的有興味的構想，而藝術家還未能將言語——即在言辭之豐富，句之構成的意義上，在就緒的短篇，×，長篇，戲曲，等等的建築底構成的意義上，還有在詩的言辭的韻律以及其他的形式的意義上的形式底富源，作爲我有的時候。這些一切，是應該由批評家，馬克斯主義者來指示的。眞實的批評家。馬克斯主義者，即所謂最高的典型的批評家，應該成爲教師——尤其是年青的或剛纔開手的作家的教師。

最後，對於關於形式的獨自性的上記的部分底規則的第三樣最大錯誤，是形式的獨自化。當此之際，人們是靠了外面底想到和裝飾　，遮掩着內容的空虛，被有產者頹廢派的典型底表現者的那形式主義，弄得聾瞶了的作家，竟至於有雖然有着極有價值的內容，而於此捻進種種的把戲去，藉此來鍍金，以害了自己的工作的。

於形式底性質的第三規範——即作品的大衆性，應該取愼重的態度。對於供給大衆，作爲生活的創設者而訴於這大衆的文學的創造，有着最高的興味的我們，對於這樣的大衆性，也有極高的興味。被隔離被截斷了的一切形式，意在專門家底耽美家的狹範圍的一切形式，一切藝術底條件性和洗練性等，都應該由馬克斯主義者來批判。恰如馬克斯主義批評能够指示過去現在的這樣的作品的或種的內面底價值，而且非指示不可一樣，也應該摘發那要從靠這樣的形式底諸要素爲活的工作，努力離開的藝術家的心情。

但是，如已經說過，對於大衆性的規範，是應該希望用非常之愼重的。恰如我們的報章，我們的宣傳文書，我們有着從對於讀者，有大要求的最複雜的書籍，雜誌，日報起，直到最初步底的通俗化爲止的那些一樣，我們也不應該依了連在文化的意義上（程度）極低的農民或勞動者也（在內）的廣泛的大衆的水準，來平均我們的文學。這，是最大的錯誤罷。

能够將複雜的，尊貴的社會底內容，用了使千百萬人也都感動的强有力的藝術底單純，表現出來的作家，願於他有光榮罷。即使靠了比較底單純的比較底初步底的內容也好，能够使這幾百萬的大衆感動的作家，願於他有光榮罷。將這樣的作家，馬克斯主義批評家應該非常之高地評價。在這里，批評家。馬克斯主義者的特別的注意和特別的正當的援助，是必要的。但自然，對於能讀一個一個的文字的人，不能很懂，而是供給無產階級的上層部分，全然意識底的黨員，已經獲得了相當的文化底水準的讀者那樣的作品的意義，也不能否定。僅據一種容由，說是在正演巨大的職務於社會主義底建設的工作的這部分的一切人們之前，生活已課以許多有生氣的問題，而這些問題，却還未站在廣汎的大衆之前，或是還未藝術底地，做成於大衆底的形式之內，便並無藝術底囘答地，置之不顧，那自然是不可的。但是，在我們這裏，却應該說，倒是看見相反的罪過，就是我們的作家們，將注意集中於較容易的任務——爲文化底地，高的讀者範圍而作的那一種任務。然而，如屢次說過那樣，爲勞動者農民大衆的文學底工作，倘使這是成功的，有才能的東西的時候，在那評價這意義上，就應該由我們列在較高的地位。

十

如已經說過，批評家。馬克斯主義者在相當的程度上。是教師。倘若從這批評。做不到什麼的加（Plus），什麼的前進，則這樣的批評，是無益的。那麼，應該從批評加添怎樣的加呢？第一，批評家。馬克斯主義者對於作家，應該做教師。這樣一說，也許會有滿以憤怒的叫喊，說是誰也沒有將自以爲站在作家之上的權利，給與批評家云云的。這樣的反駁，倘將問題放得正當，就完全地消滅。第一，從批評家，馬克斯主義者應該做作家的教師這一個命題，有引出他應該是極其堅固的，是馬克斯主義者，有優秀的趣味和該博的智識的人這一個結論的必要。人也許說，這樣的批評家，我們是完全沒有，或者很少有罷。前一說，是不對的，後一說，大約近於眞實。然而從這里，也只能作『有用功的必要』這一個結論罷了。只要有善良的意志和才能，在我們的偉大的國度裏，是沒有不足的罷。但是，學習的事，還應該使大加堅實。第二，是批評家不消說不但教導作家，並且不但不以自己爲比作家是更高的存在而已，他還從作家學習許多的東西。最好的批評家，是會用熱心和感激來對作家，而且無論那一樣之際，對於他（作家），是先就懇切如兄弟的。馬克斯主義者。批評家，在兩種的意義上，應該是作家的教師，而且也能是，——即第一，於年青的作家，於一般地有弄出許多形式底謬誤之懼的作家，他應該指摘其缺點。

我們已經用不着培林斯基（Belinski），爲什麼呢，因爲我們的作家們，已經不以忠告爲必要了……云云，這樣的意見，已在流行，在革命前，或者，這也許是對的。但到了革命後，在我國裏，從國民的下層，現出幾百幾千的新作家的今日，這却不過是可笑的意見。在這里，是切實的指導底批評，直到僅用心很好的精通文學的人爲止的一切的大小的培林斯基，無疑地在所必要的。

在別一面，批評家。馬克斯主義者在社會性這事上，應該是作家的教師。於社會性是幼稚的，而且因爲關於社會生活的法則的那幼稺的觀念的結果，以及我們現在的時代的基本底無理解等等的結果，而犯最質朴的謬誤者，決不僅僅是非無產者作家，在馬克斯主義者作家無產者作家，也到處犯着一樣的謬誤。這並非侮辱作家的意思，部分底地，竟是稱讚作家的。作家——是極敏感的，依照現實的直接底作用的存在。對於抽象底科學底思索，作家大抵沒有特別的興味，也沒有特別的才能。所以，不消說，作家往往不能自禁地，拒絕那從批評家，政論家那面而來的助力的提議。然而這事，大抵即能由提議所顯的那衒學底(Pedantic)的形式，得到說明。在實際上，眞實地偉大的文學，是正惟由於大的作家和有大才能的文藝批評家的協力，這纔成長起來，今後也將成長下去的。

十一

一面努力於做作家的有益的教師，批評家。馬克斯主義者，又非也是讀者的教師不可。是的，應該教讀者以讀法。作爲註釋家的批評家，作爲時而警告嘴裏有甜味的毒的人的批評家，爲要顯示偉大的核心，而敲破硬的外皮給人看的批評家，將剩落在陰影裏的寶貝，打開來給人看的批評家，在i之上加點，而行以藝術底材料爲基礎的一般化的批評家——惟這個，在我們的時代，在多數的最尊的，然而又無經驗的讀者正在出現的時代，是必要的引路者。他對於我國和世界的過去的文學，非如此不可，對於現代的文學，也非如此不可。所以將我們的時代對於批評家。馬克斯主義者怎樣地提出着特殊的要求，再來張揚一迴罷。我們決不想藉我們的提要來嚇人。從最簡單的工作開手也好。從謬誤開手也好。但初開手的批評家。馬克斯主義者不應該忘記，爲了要到達那假如給自己以至於稱爲高足的權利那樣的最初的處所，是應該攀非常地高，峻的階級而上的。然而，試想廣汎的我們的文化的日見其高的大波，泉流一般到處飛迸起來了的有才能的文學，也就不會不信馬克斯主義批評的現在的不很高明的狀態，便將轉換向較好的方向了。

十二

追補底地還涉及兩個問題在這里。第一，是對於批評家。馬克斯主義者在發生非難，說他們幾乎惟從事於摘發。其實，在現在，關於或一作家，說他的傾向是無意識底地，或『半意識底』地反革命底的事，是頗爲危險的。或一作家，作爲遠於我們的要素，作爲小市民底要素，或者作爲極遠地站在右翼的同路人，而被評價之際，甚且我們的陣營內的或一作家受着在什麼壞傾向上的非難之時，問題也決不見得純粹。或者也許說——檢討或一作家的政治底罪業，政治底疑惑，政治底惡質或缺陷，是批評家的工作麼？我們應該盡全力以除掉這種的抗議。用這種的方法，以達個人底的目的，或者意識底地懷着惡意，想歸或一作家於這樣之罪的批評家——是惡漢。這樣的奸計，遲遲早早，一定被曝露的。不深思，不熟慮，時而作這一類的告發的批評家，是不檢點的，輕率的人。然而，怕敢將自己的好心的社會底分析的結果，用大聲發表，而歪斜了馬克斯主義的本質者，則不能不說是怠慢，是政治底地消極底的。

問題，是決不在批評家。馬克斯主義者叫道——『傾事呀，睜開眼來罷』上的。在那裏，所必要的並非赴訴於國家機關，而是定或一作家之於我們的建設上的客觀底價值。從這裏抽出結論來，改正自己的方向，是作家的工作。我們大抵是在思想底鬪爭的領域裏的 。將在現代的文學與其評價上的鬪爭的性質，加以拒否，是一個忠實而正直的共產主義者所不會做的事。

十三

臨末，最後的問題，激烈的鋒利的論爭的形式，是可以容許的麼？

就大體而言，鋒利的論爭，在其引動讀者的意義上，是有益的。論爭底性質的論文，尤其是在彼此互有錯誤之際，則和別的條件一同，影響較廣，爲讀者所攝取也較深。加以作爲革命家的馬克斯主義者。批評家的戰鬪底氣質，就自然地用起那思想的激烈的表現來。然而，當此之際，忘記了用論爭之美，來遮蔽自己的議論之弱，是批評家的大罪惡的事，是不行的。還有，雖然一般地議論並不多，而有種種刻薄的詩·比較，嘲笑底呌喊，狡猾的質問之際，則恐怕是給與熱鬧的印象的．然而成爲很不誠懇的東西。批評，是應該應用於批評本身的。爲什麼呢，因爲馬克斯主義批評，同時是科學底，又在獨特的意義上，是藝術底的工作的緣故。在批評家的工作上，激烈——是不好的忠告者，而且少有是正當的見地的表現。但是，有些時候，也容許從批評家的心臟奔迸而出的辛辣的嘲弄和憤怒的言辭。別的批評家或讀者，以及首先第一是作家的多少有些敏感的耳朶，是懂得什麼地方有憤怒的自然的動彈，什麼地方飛出着單單的惡意的。不要將這和階級底憤怒混同起來。階級底憤怒，是決定底地打，然而那猶是地上的雲，高懸於個人底惡意之上。以全體而言，批評家。馬克斯主義者應該不陷於做批評家 的最大罪惡的優柔和妥協 ，而有善意於 a Priori（由因果）。他的偉大的歡喜，是尋出好的方面來， 將這在那全部價値上，示給讀者。在他的別的目的，是幫助，匡正，警告，而只有很少的時候，可以有努力於此的必要，即用了眞能滅絕誇口的虛僞的要素那樣的嘲笑，或是侮蔑，或是壓碎般的批評的強有力的箭，來殺掉不中用的東西。

譯者附記

在一本書之前，有一篇序文，略述作者的生涯，思想，主張，或本書中所含的要義，一定于讀者便益得多。但這種工作，在我是力所不及的，因爲只讀過這位作者所著述的極小部分。現在從尾瀨敬止的『革命露西亞的藝術』中，譯一篇短文放在前面，其實也並非精良堅實之作——我恐怕他只依據了一本『研求』——，不過可以略知大概，聊勝于無罷了。

第一篇是從金田常三郎所譯『託爾斯泰與馬克斯』的附錄裏重譯的，他原從世界語的本子譯出，所以這譯本是重而又重。藝術何以發生之故，本是重大的問題，可惜這篇文字並不多，所以讀到終篇，令人彷彿有不足之感。第而他的藝術觀的根本概念，例如在『實證美學的基礎』中所發揮的，却幾乎無不具體而微地說在裏面，領會之後，雖然只是一個大概，但也就明白一個大概了。看語氣，好像是講演，惟不知講于那一年。

第二篇是託爾斯泰死去的翌年——一九一一年——二月，在『新時代』揭載，後來收在『文學底影象』裏的。今年一月，我從日本輯印的『馬克斯主義者之所見的託爾斯泰』中杉本良吉的譯文重譯，登在『春潮月刊』一卷三期上。末尾有一點短跋，略述重譯這篇文章的意思，現在再錄在下面——

『一，託爾斯泰去世時，中國人似乎並不怎樣覺得，現在倒回上去，從這篇裏，可以看見那時西歐文學界有名的人們——法國的 Anatole France，德國的Gerhart Hauptmann，意大利的 Giovanni Papini，還有青年作家D' Ancelis等——的意見，以及一個科學底社會主義者——本論文的作者——對于這些意見的批評，較之由自己一一搜集起來看更清楚，更省力。

「二，藉此可以知道時局不同，立論便往往不免于轉變，豫知的事，是非常之難的。在這一篇上，作者還只將託爾斯泰判作非友非敵，不過一個並相干的人；但到一九二四年的講演，却已認爲雖非敵人的第一陣營，更是「很麻煩的對手了，」這大約是多數派已經握了政權，於託爾斯泰派之多，漸漸感到統治上的不便的緣故。到去年，託爾斯泰誕生百年記念時，同作者又有一篇文章叫作「託爾斯泰記念會的意義」，措辭又沒有演講那麼峻烈了，倘使這並非因爲要向世界表示蘇聯未嘗獨異，而不過內部日見鞏固，立論便也平靜起來：那自然是很好的。

「從譯本看來，盧那卡爾斯基的論說就已經很够明白，痛快了。但因爲譯者的能力不够和中國文本來的缺點，譯完一看，晦澀，甚而至於難解之處也眞多；倘將仿句折下來呢，又失了原來的精悍的語氣。在我，是除了還是這樣的硬譯之外，只有「束手」這一條路——就是所謂「沒有出路」——了，所餘的惟一的希望，只在讀者還肯硬着頭皮看下去而已。』

約略同時，韋素園君的從原文直接譯出的這一篇，也在『未名半月刊』二卷二期上發表了。他多年臥在病牀上還翻譯這樣費力的論文，實在給我不少的鼓勵和感激。至于譯文，有時晦澀也不下于我，但多幾句，精確之處自然也更多，我現在未曾據以改定這譯本，有心的讀者，可以自去參看的。

第三篇就是上文所提起的一九二四年在墨斯科的講演，據金田常三郎的日譯本重譯的，曾分載去年『奔流』的七，八兩本上。原本並無種種小題目，是譯者所加，意在使讀者易于省覽，現在仍然襲而不改。還有一篇短序，于這兩種世界觀的差異和衝突，說得很簡明，也節譯一點在這里——

『流成現代世界人類的思想圈的對蹠底二大潮流，一是唯物底思想，一是唯心底思想。這兩個代表底思想，其間又夾雜着從這兩種思想抽芽，而變形了的思想，常常相剋，以形成現代人類的思想生活。

『盧那卡爾斯基要表現這兩種代表底觀念形態，便將前者的非有產者底唯物主義，稱爲馬克斯斯主義，後者的非有產者底精神主義，稱爲託爾斯泰主義。

『在俄國的託爾斯泰主義，當無產者獨裁的今日，在農民和智識級階之間，也還有強固的思想底根底的，……這于無產者的馬克斯主義底國家統制上，非常不便。所以在勞農俄國人民教化的高位的盧那卡爾斯基，爲拂拭在俄國的多數主義的思想底障礙石的託爾斯泰主義起見，作這一場演說，正是當然的事。

『然而盧那卡爾斯基並不以託爾斯泰主義爲完全的正面之敵。這是因爲託爾斯泰主義在否定資本主義，高唱同胞主義，主張人類平等之點，可以成爲或一程度的同路人的緣故。那麼，在也可以看作這演說的戲曲化的「被解放了的堂吉訶德」裏，作者雖在揶揄人道主義者，託爾斯泰主義的化身吉訶德老爺，却決不懷着惡意的。作者以可憐的人道主義的俠客堂，吉訶德爲革命的魔障，然而並不想殺了他來祭革命的軍旗。我們在這里，能够看見盧那卡爾斯基的很多的人性和寬大。』

第四和第五兩篇，都從茂森唯士的『新藝術論』譯出，原文收在一九二四年墨斯科出版的『藝術與革命』中。兩篇係合三回的演說而成，僅見後者的上半註云『一九一九年末作』，其餘未詳年代，但看其語氣，當也在十月革命後不久，艱難困苦之時。其中于藝術在社會主義社會裏之必得完全自由。在階級社會之不能不暫有禁約，尤其是于俄國那時藝術的衰微的情形，指導者的保存，啟發，鼓吹的勞作，說得十分簡明切要。那思慮之深遠，甚至于還因爲經濟，而顧及保全農民所特有的作風。這對于今年忽然高唱自由主義的『正人君子』，和去年一時大叫『打發他們去』的『革命文學家』，實在是一帖喝得會出汗的苦口的良藥。但他對于俄國文藝的主張，又因爲爲時地究有不同，所以中國的託名要存古而實以自保的保守者，是又不能引爲口實的。

末一篇是一九二八年七月，在『新世界』雜誌上發表的很新的文章，同年九月，日本藏原惟人譯載在『戰旗』裏，今卽據以重譯。原譯者按語中有云：『這是作者顯示了馬克斯主義文藝批評的基準的重要的論文。我們將蘇聯和日本的社會底發展階級之不同，放在念頭上之後。能夠從這里學得非常之多的物事。我希望關心于文藝運動的同人，從這論文中攝取得進向正當的解決的許多的啟發。』——這是也可以移贈中國的讀者們的。還有，我們也會有過以馬克斯主義文藝批評自命的批評家了，但在所寫的判決書中，同時也一併告發了自己。這一篇提要，即可以據以批評近來中國之所謂同種的『批評』。必須更有真切的批評，這纔有真的新文藝和新批評的產生的希望。

本書的內容和出處，就爲上文所言。雖然不過是一些雜摘的花果枝柯，但或許也能夠由此推見若干花果枝柯之所由發生的根柢。但我又想，要豁然貫通，是仍須致力于社會科學這大源泉的，因爲千萬言的論文，總不外乎深通學說，而且明白了全世界歷來的藝術史之後，應環境之情勢，迴環曲折地演了出來的支流。

六篇中，有兩篇半會在期刊上發表，其餘都是新譯的，我以爲最要緊的尤其是末一篇，凡要略知新的批評者，都非細看不可。可惜譯成一看，還是很艱澀，這在我的力量上，眞是無可如何。原譯文上也頗有錯字，能知道的都已改正，明知其誤而不知應作那一字的便代以×，如第九節第五段上的，原譯却是『寧』字，就是。

至于我的譯文，則因爲忽忙和疏忽，加以體力不濟，謬誤和遺漏之處也頗多。這首先要感謝雪峯君，他于校勘時，先就給我改正了不少的脫誤，

一九二九年八月十六日之夜，魯迅于上海的風雨，啼哭，歌笑聲中記。

更正

卷首第十頁第十一行及本文第二〇四頁第五行𦯷理契之下括弧內 Flicbe 是 Friche 之誤

一九二九年十月初版

1——1500

學的藝術論叢書6

文藝與批評

實價大洋九角

者　盧那卡爾斯基

翻譯者　魯迅

發行者　水　店

發行所　上海 北四川路 公益坊內 水沫書店

◀科學的藝術論叢書▶

(1)	藝術論	蒲力汗諾夫著 魯迅譯	(即出)
(2)	藝術與社會生活	蒲力汗諾夫著 雪峯譯	五角五分
(3)	新藝術論	波格達諾夫著 蘇汶譯	三角
(4)	藝術之社會的基礎	盧那卡爾斯基著 雪峯譯	七角
(5)	藝術與文學	蒲力汗諾夫著 雪峯譯	(即出)
(6)	文藝與批評	盧那卡爾斯基著 魯迅譯	九角
(7)	文藝批評論	列什耐夫著 沈端先譯	(即出)
(8)	文學評論	梅林格著 雪峯譯	五角五分
(9)	蒲力汗諾夫論	亞珂弗萊夫著 林伯修譯	(即出)
(10)	霍善斯坦因論	盧那卡爾斯基著 魯迅譯	(即出)
(11)	藝術與革命	馮乃超譯	(即出)

上海 水沫書店 發行